Joseph Felix von Kurz

Der unruhige Reichthum

Ein Lustspiel in 3 Aufzügen, nach dem Französ. Wien 1770

Joseph Felix von Kurz

Der unruhige Reichthum
Ein Lustspiel in 3 Aufzügen, nach dem Französ. Wien 1770

ISBN/EAN: 9783743670792

Hergestellt in Europa, USA, Kanada, Australien, Japan

Cover: Foto ©Andreas Hilbeck / pixelio.de

Weitere Bücher finden Sie auf **www.hansebooks.com**

Der unruhige Reichthum.

Ein Lustspiel
in drey Aufzügen.

Nach dem Französischen, von

Joseph Kurz.

Aufgeführt auf der K. K. Schaubühne
im Jahre 1770.

Zu finden beym Logenmeister.

WIEN,
gedruckt bey Joh. Thomas Edlen von Trattnern,
kaiserl. königl. Hofbuchdruckern und Buchhändlern.

Personen.

Herr Kraftheim.

Herr Stornberg.

Plutus.

Isabelle.

Fiametta.

Herr Rennthal.

Bernardon.

Kasper.

Geister.

Erster Aufzug.

Der Schauplatz stellt das Ende der Stadt vor, wo die Gärten anfangen.

Erster Auftritt.

Kasper allein.

Nein: das ist zu viel. Ich kann nicht mehr. Ich bin ganz strapazirt, alterirt und ruinirt. Der Hunger, der Durst, der Schlaf, das beständige Reisen und die verfluchte Liebe meines Herrn, dieses alles wird mich noch umbringen. Sechs Monate sind es schon, daß mein Herr verliebt ist: das ist für mich just so viel, als wenn ich schon sechs Monate auf der Galeere gesessen wäre. Der Deichsel! war es denn nicht genug, daß ich einem Soldaten dienen mußte? muß der Henker auch die verdammte Liebe herführen? Ich hatte nach ausgestandenem Kriege gemeint, ruhig in der Garnison zu leben: aber jetzt ist es weit ärger: ich kann keinen Augenblick von meinem Rittmeister abkommen. Alle Minute giebt es was zu fragen und zu laufen. Seine Liebste, die Tochter des Stornberg wird ihn noch rasend machen; und wenn ich mich nicht zu Zeiten mit meinem Flaschenkeller labte, müßte ich als ein alter Artillerie-Gaul zu Grunde gehen. (er trinkt aus seiner Flasche.)

Zweyter Auftritt.

Kasper. Herr Rennthal.

Hr. Rennthal. (inwendig) Kasper! Kasper!

Kasp. Da hat ihn der Henker schon. (trinkt.)

Rennth. Kasper!

Kasp. Ja Herr! (wirft die Flasche zurück.)

Rennth. Du Flegel! (kömmt heraus) Schon eine Stunde schreie ich mich außer Athem. Du wirst deiner Gewohnheit nach schon wieder beym Saufen gewesen seyn.

Kasp. Ach! Herr Patron! Wir steigen ja erst vom Pferd herunter, und sie wissen, daß wir

Ein Lustspiel.

wir seit gestern, da wir vom Regiment abreisten, keinen Bissen gegessen und getrunken haben.

Rennth. Das ist wahrhaftig ein Wunder, daß man dich auf dem Weg nicht hat müssen begraben lassen. Beklage dich nur noch, Schelm! allons! geschwind lauf in einem Galopp nach dem Hause des Kraftheim, und gebe meiner angebeteten Isabelle Nachricht von meiner Ankunft.

Kasp. Wie? was foppen sie mich? Es ist ja kaum der Tag hervorgebrochen. Die ganze Stadt schläft ja noch. Ich wette gleich um den Ausstand meiner Besoldung, daß hier noch niemand, als wir und die Katzen auf sind.

Rennth. Es braucht hier kein Widersprechen! Gehorche! und so fern du mit meiner Schönen reden kannst; so ermangle nicht, ihr eine lange Erzählung von jenen Peinen zu machen, welche ich in meiner bittern Entfernung ausgestanden. Sag ihr, daß es mein einziger Trost war, mich öfters in der Vorstellung ihres liebreichen und schönen Angesichts zu unterhalten. Sag ihr, daß ich beständig mit dir von ihr gesprochen. Sag ihr, daß ich sowohl bey dem Morgenrebell, als bey dem Figatter, bey dem Rast, bey dem Fahnentropp, bey dem Zapfenstreich, bey der Scharwacht allezeit an sie gedacht habe. Doch ich verliere die Zeit. Lauf, renn, breche dir den Hals: und in wenig Augenblicken will ich bey ihr seyn. Geh! (ab, gleich wieder heraus.)

Kasp. Ich gehe schon, ich gehe schon. Dem Himmel sey es gedankt, daß er fort ist! —— O ho!

Rennth. He! ich lasse mir einfallen, daß du von allem dem, was ich dir gesagt habe, kein Wort mehr weißt.

Kasp. O ja, Herr Patron! sorgt euch nicht. Zur Probe meiner guten Gedächtniß hören sie nur. (zieht eine Liste aus der Tasche) Dem Wirth im Quartier für Brod und Wein 10. kr. Für meinen Herrn zwey Schalen Milchkaffee und 12. Semmel dazu gegessen, 3. Zwanziger.

Rennth. He! du Flegel! riechst vom Wein, wie eine Bestie aus dem Halse, daß man umfallen möchte. Geh, und verrichte, was ich dir befohlen, oder 50. Prügel zum Trinkgeld.

Kasp. Ja, wenn man Geld haben will, riecht man allezeit bey dir. Doch bey der Gelegenheit, da er heirathet, wird es schon mehr Geld geben und besser zu dienen seyn. — Was für ein lustiger Bruder kömmt daher? mir kömmt vor, ich sollte ihn kennen.

Ein Lustspiel.

Dritter Auftritt.

Bernardon, (mit einem Schubkarren, als Gärtner.)

Bern. (singt) Leb ein jeder, wie er will.
Ich leb gut, und brauch nicht viel.
Wenn ich in mein Gärtel geh,
Und nach meiner Arbeit seh,
Denke ich nur stets bey mir:
Fiametta wärst du hier.

Kasp. Ach! das ist Bernardon, mein tausend Brüderl! der wird sich wundern, mich wieder zu sehen. (läuft zum Berna. ihn zu umarmen.) Mein lieber Bernardon! laß dir für Freuden den Kopf abreißen.

Bern. (stößt ihn zurück). O ho! Herr Soldat! Ich glaube, er sieht mich für eine Festung an, die er mit Sturm übersteigen will.

Kasp. Kennst du denn den Kasper, deinen alten guten Freund nicht?

Bern. O! Kasperl, du ehrlicher Kerl! wie lang bist du schon hier?

Kasp. Siehst du denn nicht, daß ich den Augenblick angekommen bin?

Bern. Ja! es ist wahr. Du siehest recht aus, wie ein ruinirter Courier: aber, was hast du da für einen Sattel auf dem Buckel? Laß sehen! (geht um ihn.) In der Flaschen wird wohl Wein seyn? — Wie geht es dir denn sonsten?

Kasp.

Kasp. Bald gut, bald übel: wie es bey den Soldaten zu gehen pflegt. Du bist noch allezeit der alte lustige Kerl.

Bern. Ja! mein Brüderl! wenns auf die gute Zeit ankömmt, so lache ich euch Soldaten alle aus. Sey du mir willkommen!

Kasp. Du hast mich ja schon willkommen heißen.

Bern. Nun: so sey du mir noch einmal willkommen. (umarmt ihn aufs neue, und trinkt aus der Flasche.)

Kasp. Es ist schon genug, und ich weiß es schon, daß du mich lieb hast.

Bern. Glaubst du es etwa nicht, daß ich dich lieb habe? Du kannst dirs nicht vorstellen, was ich für eine Freude habe, dich wieder zu sehen. (umarmt ihn, und trinkt wieder.) Was hast du denn in der Weil gemacht, da ich dich nicht gesehen habe. Es ist dir doch gut gegangen?

Kasp. Recht gut. Wir wollen ein andersmal davon reden. Jetzt muß ich zum Herrn Kraftheim gehen, hernach wollen wir einander im Wirthshause sehen.

Bern. Nein: komm du lieber zu mir in mein Haus.

Kasp. Wenn mir recht ist, so war das dein Haus.

Bern. Erhalte es in deiner Gnade: es ist es noch.

Kasp. Du hast ja das Thor verändern lassen.

Bern.

Bern. Lese nur die Ueberschrift.

Kasp. (buchstabirt) H i e r

Bern. (steht hinter ihm, trinkt, sagt) Hier

Kasp. l e b t. (wie zuvor.)

Bern. Lebt. (wie zuvor.)

Kapsp. M a n.

Bern. Man.

Kasp. O h n e S o r g e n.

Bern. Ohne Sorgen. — Ist das nicht recht? Hier lebt man ohne Sorgen. Bin ich nicht ein glücklicher Kerl? Ich freß, und saufe und schere mich um die ganze Welt nichts.

Kasp. Leb indessen wohl. Bald will ich wieder bey dir seyn. (ab.)

Bern. (lacht) Das war rar! dem Kerl habe ich seinen Wein ganz ausgesoffen. Das hätte mich bald so viel, als meine Fiametta gefreut. — O! das ist nicht wahr; das ist ein großer Unterschied; denn meine Fiametta macht, daß ich singe, den ganzen Tag lustig bin, und daß mir Essen und Trinken schmeckt. Das ist wahr, daß es um die Liebe eine schöne Sache ist. Wenn ich den wüßte, der sie aufgebracht, bey meiner Treu! ich wäre kapabel, ich schenkte ihm eine Rettigwurzel.

Vierter Auftritt.

Bernardon. Fiametta.

Fiam. Guten Morgen, mein lieber Bernardon!

Bern. Guten Heunt, meine liebe Fiametta! Bist du da, mein liebes Mauserl, mein Nagerl, mein Röserl, meine Tulipan und mein Sauerkraut!

Fiam. Warum bist du heut in der Frühe nicht zu mir gekommen?

Bern. Weil ich mich in meinem Garten so lange aufgehalten, dir einen Blumenstrauß zu machen. Da, nimm ihn hin, meine liebe Fiametta! er ist so schön, wie du.

Fiam. Ich habe dich schon über eine Stunde erwartet, und weil du so lange ausgeblieben, ist mirs ganz bange ums Herz geworden, weil ich besorget, es möchte dir ein Unglück wiederfahren seyn. Ach! wenn du wissen solltest, wie lieb ich dich habe.

Bern. Nu! ich habe dich auch lieb, denn dein Herz ist für mich, und mein Herz ist für dich. (macht verliebte Affekten, Fiametta kömmt in Gedanken.) Nu! was ist dir auf einmal? Fiametta! du machst ein verdrüßliches Gesicht.

Fiam. (weint) O nichts, nichts.

Bern. Dir muß einmal was seyn, das laß ich mir nicht nehmen. — Du weinst? Pfui, schä-

schäme dich. — Ich wein – ich weine auch. Geh! schau ein wenig, ob ich weine?

Fiam. Laß sehen. (Sie wischt ihm mit dem Fürtuch die Augen aus.) Ich glaube selber, du weinst.

Bern. Ey! seyn wir gescheid, seyn wir lustig, Fiametta, was ist dir dann? Deine Mutter hat dir gewiß einen Verweis gegeben. Gelt ja!

Fiam. Ey! ganz was anders. Sie hat mir gesagt, daß sie uns morgen miteinander verheirathen will.

Bern. (springt vor Freuden.) Morgen, morgen? Wie viele Wochen sind noch bis auf morgen?

Fiam. Ey, wie viele Wochen! Morgen ist halt morgen.

Bern. A ha! ich versteh es schon. Aber bist du denn mit dieser Hochzeit nicht zufrieden?

Fiam. Ich getraue mich auf diese Frage die Wahrheit nicht zu sagen, und lügen mag ich nicht.

Bern. Nu! was du nicht so glatt heraus sagen willst, das kannst du ja umschneiden. Warum lachest du nicht, und warum springest du nicht auch so vor Freuden, wie ich? Du Wechselbalg! du hast was auf deinem Herzen und willst nicht damit heraus. Geh, sag mirs doch!

Fiam. Nu! ich muß es dir nur sagen, mein lieber Bernardon. Ich höre überall, daß die
Manns-

Mannsbilder so verlogen, falsch und untreu sind, also fürchte ich, daß du auch nach der Hochzeit aufhören dürftest, mich zu lieben, und das macht mich so traurig.

Bern. Ich sollte aufhören dich zu lieben? Ich sollte meiner Fiametta untreu werden? da müßt ich ein Narr seyn. Wo könnte ich wieder eine andre Fiametta finden, die mich so lieb hätte? Laß du es gut seyn. Morgen sind wir Mann und Weib.

Fiam. O! was kann noch alles bis morgen geschehen. Mir hat so diese Nacht geträumt, daß du mich wegen einer andern verlassen hättest. Stelle dir vor Bernardon, wenn das geschehen sollte, ob ich nicht für Leid auf der Stelle sterben müßte.

Bern. Ey was! Träume sind Träume. Mir hat geträumt, daß ein bordirter Windbeutel sich um dich beworben hätte. Aber ich lache darzu, denn ich weiß wohl, daß du dein Lebtag keinen so schönen Liebsten finden wirst, und der dich so gern hat, wie ich.

Fiam. O! dein Traum ist ein Lügner. Höre! wenn auch ein Fürst käme, der über und über vergoldt wäre, Bedienten in der schönsten Liberey, und Wagen und Pferde hätte, und zu mir sagte: Fiametta, du bist recht schön; wenn du willst, sollst du die Meinige werden, du sollst reiche Kleider, Spitzen, Schmuck, Bedienten und Aufwärter haben; so wollte ich zu ihm sagen, nein und tausendmal nein. Alle diese eure schöne Sachen sind
lange

lange nicht so viel werth, als eine einzige Lieb-
kosung von meinem Bernardon.

Bern. Schau, wenn zum Exempel eine
Prinzeßinn käme, und so schön und so vornehm
wie unsre Stadt wäre, und zu mir sagte· seine Dienerinn, mein lieber Bernardon; ich bin zum
Sterben in ihn verliebt; wie galant, wie vollkommen ist er doch. Ich bin außer mir, ich
vergehe wegen seiner — so würde ich sagen:
o ho! mein Frauenzimmer, das verlange ich
nicht, daß sie wegen meiner sterben sollten.
Belieben sie ihren Abschied zu nehmen. Bey
mir ist nichts zu thun.

Fiam. So recht: das gefällt mir.

Bern. Und wenn sie auch sagen sollte; wenn
er will unser Mann werden, soll er guten Wein
haben, er soll einen großen kälbernen Schlegel
bekommen — — Ich fräß halt ihren Wein,
und söffe ihren Schlegel, und —

Fiam. Und du äßest davon?

Bern. Wart nur: wenn ich ihn gefressen
hätte, wollte ich sagen: Mamsell Prinzeßinn!
heirathen sie meinetwegen den König von Kali-
kut; sie sind für mich zu garstig, und ich bin
für sie zu schön: also folgt daraus, daß nur
die Fiametta allein unsern Thron bestei-
gen, und meine Liebe krönen soll. Hab ich
so nicht recht geantwortet?

Fiam. Ja, ja! aber von dem kälbernen
Schlegel solltest du gleichwohl nichts essen.

Bern. Wenn du machen wirst, daß ich in
meinem Hause allezeit einen kälbernen Schlegel

gel finde, werde ich um keinen andern umschauen dürfen.

Fiam. Da sorge du dich um nichts. Unser Haus soll allezeit so voll, wie ein Ey seyn; wenn du mich nur allezeit lieb hast, werde ich dir nichts abgehen lassen. Nun, lieber Bernardon, muß ich dich verlassen, und zu meiner Mutter nach Hause gehen.

Bern. Mußt du schon gehen? Ey, warte noch ein wenig: du läßt mir ja nicht einmal Zeit, dich recht anzusehen.

Fiam. Ich kann mich nicht länger aufhalten. Meine Mutter möchte mich ausgreinen.

Bern. Du kannst ihr ja sagen, daß du bey mir gewesen bist.

Fiam. Das laß ich wohl bleiben. Das wäre recht: sie will nicht haben, daß ich mit dir außer ihrer Gegenwart rede, und das kömmt mir so abgeschmackt vor. — Es geht mir nicht von Herzen, und ich schäme mich.

Bern. Du hast recht. Mir kömmt auch allezeit die Schamhaftigkeit ins Gesicht, wenn deine Mutter dabey ist.

Fiam. Nu: so geh nur indessen zu deiner Arbeit. Ich will schon sehen, daß ich diesen Morgen noch zu dir in dein Gärtel kommen kann.

Bern. Willst du in mein Gärtel kommen? o, das freuet mich!

Fiam. Ja, mein Schatz! ich will kommen. Lebe indessen wohl. (will abgehen.)

Bern. (hält sie) Du willst gehen, und mir nicht vorher mein Leibstückel singen?

Fiam. O, schlimmer Bernardon! wann habe ich dir noch was solches abgeschlagen? Ich will bleiben, dich zu vergnügen. (sie singt.)

> O, schönes Vergnügen!
> Dir frey zu bekennen
> Mein zärtliches Brennen.
> Was hilft mir mein Schweigen?
> Ich muß es doch zeigen,
> Daß Herze und Seele
> Nur lebet für dich.
> Ich fühle die Quelle
> Den Ursprung der Liebe;
> Ich fühle die Triebe,
> Die du hast für mich. (geht ab.)

Bern. Geh, du Magenessenz meines verliebten Herzens! Ich wäre kapabel, drey Tage bey ihr zu bleiben, ohne zu essen, wenn mich nicht hungerte. — — Der Kasperl wird noch im Wirthshause seyn, weil er noch nicht hier ist. Er wird doch nicht lange mehr ausbleiben. (geht auf und ab, und singet.)

Fünfter Auftritt.

Bernardon. Herr Stornberg.

Stornb. Da ist die verdammte Alster, die mir den ganzen Tag die Ohren vollsingt, und schreit ein Lied nach dem andern, und dieses vom Anbruch des Tages, bis in die späte Nacht. Ich, und meine arme Gemahlinn können es unmöglich länger ausstehen. Da muß ein Mittel gemacht werden, und ich glaube wirklich, was ausgesonnen zu haben, das dieser verdrüßlichen Nachtigall das Schlagen einstellen soll.

Bern. (singt) Leb ein jeder rc. (juchzt.) — O! euer Diener, gnädiger Herr!

Stornb. Guten Tag, mein lieber Nachbar, Bernardon!

Bern. Gnädiger Herr! wollen sie mit mir singen?

Stornb. Ey! mir ist gar nicht singerlich.

Bern. Warum? der gnädige Herr hat gewiß einen Katharr.

Stornb. O, ihr armer Tropf! ihr erbarmt mich von Herzen.

Bern. Ich erbarme ihnen? Die reichen Leute, wie sie sind, haben sonst wenig Erbarmniß mit den Armen. Aber, warum erbarme ich ihnen?

Stornb. Wie könnt ihr bey eurem Elend so lustig seyn?

Bern. Bey meinem Elend? ha, ha, ha!

Stornb.

Stornb. Ja, bey eurem Elend, worinn ihr bis über den Hals steckt. Man kann euch die Noth und Miserie selbst nennen.

Bern. (lacht) Da muß ich erst rechtschaffen lachen!

Stornb. Einfältiger Mensch! ihr lachet, und euer Unglück ist zu beweinen. Was für eine Blindheit, daß ihr euer unglückseliges Leben nicht einsehen könnt.

Bern. Ein unglückseliges Leben? (lacht.) Das könnte ich mir nicht einfallen lassen. Ich schlafe gut, ich esse gut, ich trinke gut, ich singe, ich springe, fürchte mich für nichts, ich bin keinem Menschen um das seinige neidig und auch nichts schuldig. Nichts macht mir den Kopf warm, und ich bin mit dem wenigen, was ich habe, vollkommen zufrieden: und sie heißen das ein unglückseliges Leben? (lacht.) So bin ich in ihren Augen ein so armer Tropf! Aber ich möchte doch wissen, in was denn ihre so großen Glückseligkeiten bestehen?

Stornb. O, ihr Narr! wollt ihr wohl meinen Stand mit dem eurigen vergleichen? Erstlich habe ich Talente, durch diese habe ich Wissenschaften und Gelehrsamkeit erhalten, und durch diese endlich habe ich mein Glück in der Welt gemacht. Jetzt bin ich reich. Ich habe Häuser und schöne Landgüter, wovon ich als ein großer Herr leben kann.

Bern. Und das heißt reich seyn?

Stornb. Das versteht sich.

Bern. So bin ich auch reich.

Stornb. Ja, du haſt einen ſchönen Reichthum.

Bern. Das glaub ich auch. Habe ich nicht
einen ſchönen Garten, der mir zu freſſen giebt,
daß ich genug habe?

Stornb. Ja.

Bern. Hat nicht mein Vater, mein Groß-
vater, mein Ur-Großvater, mein Ur-Ur-Groß-
vater, mein Ur-Ur-Guck-Großvater auch davon zu eſſen gehabt?

Stornb. Auch dieſes.

Bern. Und wenn ich werde verheirathet
ſeyn, wird für mein Weib nicht auch genug da
ſeyn?

Stornb. Ohne Zweifel.

Bern. Und wird nicht auch ſo viel da ſeyn,
daß ich meinen Kindern werde Brod geben
können?

Stornb. Auch dieſes glaube ich.

Bern. Alſo bin ich mit meinem Garten ſo
reich, als ihr es mit euren ſchönen Gütern und
Häuſern ſeyd.

Stornb. Aber wiſſet ihr denn nicht, das ein
einziges Gut von mir mehr werth iſt, als tau-
ſend ſolche Gärten, wie der eurige iſt?

Bern. Was iſt daran gelegen? wenn mein
Garten auch ſo groß wäre, wie die ganze Welt,
würde ich deswegen beſſer, ehrlicher, ſchöner,
größer, dicker und zufriedener ſeyn? äß und
tränke ich vielleicht mehr? Aber wie Teufels!
macht es denn der Herr, daß der Herr ſo viele
Güter auffrißt?

Bern.

Ein Lustspiel.

Stornb. Glaubt ihr denn, daß ich ein Wolf sey, und daß ich alle meine Einkünfte durch die Gurgel jage? nein: ich verfresse nicht alles. Ein Theil meiner Einkünfte dienet zu meiner Tafel, ein Theil zu meinem Spaß und Unterhaltung, ein Theil — —

Bern. (lacht) Zu eurem Spaß und Unterhaltung? so müßt ihr euren Spaß kaufen? der meinige kostet mich keinen Kreuzer: andere Leute müssen mir noch meinen Spaß bezahlen, und gleichwohl thue ich von früh morgen an bis auf die Nacht nichts als singen, lachen und tanzen.

Stornb. (abseits) Auf diese Art richte ich nichts aus: ich will es anders angreifen. — Höret, mein lieber Bernardon! Ihr gefallt mir so wohl, daß es mir in den Kopf gekommen ist, euch glücklich zu machen. Ich habe gehört, daß ihr eine gute Handschrift haben sollt: ich will euch zu meinem Schreiber machen.

Bern. Zu einem Schreiber, der alleweil die Feder in der Hand haben muß, wie der Galliot das Ruder auf der Galeere?

Stornb. So glaubet ihr, daß es mühsamer sey, ein Schreiber zu seyn, als den ganzen Tag in dem Garten zu graben, und zu arbeiten?

Bern. Das glaube ich; denn bey meiner Arbeit kann ich singen, und auf meine Fiametta denken; und die Arbeit geht deswegen gleichwohl fort.

Der unruhige Reichthum.

Stornb. Aber durch die Feder könntest du nach und nach reich werden, und zu größern Affairen kommen.

Bern. Zu größern Affairen? was haben denn sie, und ihres gleichen für ein Handwerk?

Stornb. Wir haben bey unsern Affairen fast nichts zu thun, laßen andere arbeiten, und leben in Ruhe.

Bern. Also eure großer Affairen gehören für einen Faullenzer; ich denke, ich will lieber bey meinen kleinen Affairen bleiben.

Stornb. Wenn aber bey eurem Elend euch eine Unpäßlichkeit zustößt, wie siehet es alsdenn aus?

Bern. (lacht.) Unpäßlichkeit? Die Unpäßlichkeiten werden von eurem großen Fressen, von eurem Spaß, den ihr kaufen müßt, und von eurem Faullenzen herkommen; weder ich, noch meine hochlöbliche Vorfahren haben gewußt, was eine Unpäßlichkeit ist. Und wenn man krank ist, was thut man alsdann?

Stornb. Man schickt gleich um die Doctores; die Medici kommen, sie verschreiben Medicin — —

Bern. Medici? Was ist das für eine Krankheit? Von der wird man wohl sterben müßen? Also ist das euer glückseliges Leben? mehr Fressen, als 4. Personen meines gleichen, faullenzen, krank seyn, und die Medici — — (lacht.)

Ein Lustspiel.

Stornb. Das ist ein verdammter Kerl! Ich sehe schon, ihr seyd zu dumm, zu einfältig — —

Bern. Mein Herr von großen Affairen, lebe der Herr wohl! Mir ists leid um die Zeit, die ich mit eurem Geplauder zugebracht habe. Was hätte ich derweilen singen und tanzen können! Ich lasse euch euer großes krankes Glück und bleibe bey meinem gesunden Unglück. Nun will ich den Kasperl im Wirthshaus suchen (singend und springend ab.)

Stornb. Dieser arme Mensch kann sich wohl mit Recht glückselig nennen. Verwünschter Ehrgeiz! Verdammte Geldbegierde! Woher kömmt dann dieser so heiße Goldhunger? Ach dieses elende Metall ist nur der Abgott dieser närrischen Zeiten. Ach Plutus! Warum hast du mich nicht in dem Stande der Niedrigkeit gelassen, wo ich auch so vergnügte Tage, und ruhige Nächte, wie Bernardon genießen könnte? Entweder Plutus nimm alle deine Reichthümer zurück, oder zeige mir die Art und Weise, wie ich dieselbe in Ruhe genießen kann.

Sechster Auftritt.

Plutus, (mit Geistern, welche Schätze tragen.)

Plutus. Plutus erscheint vor deinen Augen, dich in Frieden und guten Wohlstand zu sehen.

Stornb.

Der unruhige Reichthum.

Stornb. Ach Herr Plutus! stehe mir nur dasmal bey! reiße mich aus meiner Verzweiflung! Willst du grosser Gott der Reichthümer! zugeben, daß ein einfältiger armer Kerl mir, und meiner Gemahlinn, mit seinem beständigen Singen, den Kopf, Tag und Nacht voll schreye? Kannst du es ansehen, daß ein gemeiner, mittelloser Mensch vergnügter, glücklich- und lustiger, als ein karakterisirter, und durch deine Gnade bereicherter Mann, leben soll?

Plutus. Plutus hat deine Klagen vernommen, und durch Plutus soll dir auch geholfen werden. Veränderung seines Glückes soll dir, und deinem Hause Ruhe, seinem Herzen aber Unruhe verschaffen; Er soll zu seiner Strafe durch mich reich, und durch den Reichthum in einen betrübten, und kummervollen Stand versetzet werden.

Stornb. Ach! Herr Plutus! schone seiner ja nicht. Sein eingebildeter Stolz verdient bestrafet zu seyn. Da kömmt er schon wieder. Ich glaube besser zu thun, dich mächtige Gottheit! bey ihm allein zu lassen.

Plutus. Ja gehe, und in kurzem wirst du, einen ganz veränderten Menschen an dem Bernardon finden.

Stornb. Warte du höllische Nachtigall! Da stehet der große Jäger, der dir dein Schlagen einstellen wird. (ab.)

Plutus. (gehet an die Seite.)

Siebenter Auftritt.

Bernardon. (singend)

Bern. Hä! Schurke! Kasperl! Du hast wie ein Schelm gelogen! Es muß ihm was nothwendiges vorgefallen seyn, daß er nicht im Wirthshause, und auch noch nicht hier ist. (siehet den Plutus, erschrickt.)

Plutus. Bernardon, Bernardon!

Bern. Potz tausend! Was ist das? das ist eine lächerliche Figur!

Plutus. Komm her! Bernardon! Du wirst mich noch nicht kennen; ich bin eine Gottheit, und heiße Plutus, und bin ein Vater der Reichthümer.

Bern. Sie verzeihen mir. Gleichwie ich niemal ihre Tochter gekennet; so habe ich mich auch niemals um den Papa bekümmert.

Plutus. Nun wohl! ich will machen, daß du sie kennest, sey nur gutes Muths.

Bern. (abseits.) Der Gott scheinet mir von einem guten Rumor zu seyn. — — Wie lange ist es, daß sie eine Gottheit sind?

Plutus. O! das ist schon lange. Du mußt wissen, daß ich die Gottheit nach der neuen Mode bin, und seit der Zeit, daß ich den Titel einer Gottheit führe, werde ich von den Menschen am meisten verehret.

Bern. Aber sind denn die Götter so einfältig gewesen, eine solche Figur, wie sie sind, unter sich aufzunehmen?

Plutus. Dir die Wahrheit zu sagen, mein lieber Bernardon! Die Sache war gewiß nicht so leicht. Die Götter waren grausam darwider; Jedoch die Göttinnen waren auf meiner Seite. Venus stellte sich an die Spitze meiner Partheyen, und mit dergleichen Advocaten gewinnt man gemeiniglich den Proceß.

Bern. Das ist wahr, wieder dergleichen Advocaten kann man nicht leicht bestehen.

Plutus. Damals war eben zu meinem Glücke Jupiter in die Diana verliebt. Dazu brauchte er Geld; er hatte also meiner nöthig; eine Hand wäscht die andere; er nahm meine Parthie, und zog auch Mercurium, und Kupido an sich; der letzte aber kratzte sich hinter den Ohren.

Bern. Der Kupido kratzte sich hinter den Ohren! Warum?

Plutus. Vor diesem gewann man das Herz einer schönen nur durch seine lange, und beständige Zärtlichkeit: Jetzt aber auf eine kurze Art durch mich, durch meine Schäze, und durch mein Geld. Aber lassen wir diese Materie bey Seite; sie ist zu tiefsinnig. Dir sey genug zu wissen, daß ich alle Götter bestreite, sie mögen über mich schmählen, wie sie wollen, und sagen, ich seye eine schlechte Mißgeburt der Erden, ein Feind der Tugend, eine Ursache alles Uebels, sie werden doch nichts wider mich ausrichten. Die Menschen haben meinen Werth erkennen gelernt, und beten keine andre Gottheit als mich an.

Bern.

Bern. Aber wo werden sie angebetet? Wo haben sie ihren Tempel?

Plutus. Mein Tempel ist in der ganzen Welt; meine Altäre sind in den größten Theilen der menschlichen Herzen aufgerichtet, sie sind in den Herzen der ruchlosen Soldaten, der Rentmeister, der Gerichts-Beamten, des Richters, und sehr oft auch in den Herzen der Weltweisen; und eben auch du mein Bernardon sollst einer von meinen Verehrern werden, komm her! sieh! das ist ein Schatz, den schencke ich dir. (giebt dem Bernardon einen Schatz.)

Bern. Schau schau, das ist was schönes: wie haben sie das Ding genennt?

Plutus. Das nennet man einen Schatz.

Bern. Ein Schatz? Was für ein schöner Nam ist doch das! zu was kann man das Ding brauchen?

Plutus. Zu allem. Wenn ich dergleichen heut einem Träger gebe, morgen ist er schon ein angesehener Mensch; gebe ich ihn einem Landstreicher, so ist er morgen ein Edelmann; gebe ich ihn dem Allerdumsten, so ist er morgen ein anderer Cato: hingegen was ist ein Mensch, dem ich meine Gunst nicht ertheile? er ist ein Leib ohne Seele, ein Gelächter der Leute, das Ziel aller Schmach, und die größte Marter der Tugend.

Bern. So hab ich dann vorher alle diese Fehler gehabt?

Plutus. Ohne Zweifel.

Bern. So bedank ich mich, daß sie mich von allen diesen Fehlern haben losgemacht.

Noch eines sagen sie mir doch zu gefallen: wann soll ich meine Hochzeit halten?

Plutus Deine Hochzeit? Und wen willst du heirathen?

Bern. Meine Fiametta. Sie ist ein recht galantes Mädel.

Plutus. Was für eine Thorheit ist dieses, dich mit einer zu verheirathen, die nichts hat. Dieses werde ich niemal zugeben, mein lieber Bernardon! du mußt dir eine Reiche nehmen.

Bern. Ich habe aber meine Fiametta lieb: wir haben einander von Kindheit lieb gehabt.

Plutus. Ach! das sind Possen; lerne von mir, daß ein rechtschaffener Kerl, wenn er sich verheirathet, vor allem sein Interesse zu Rathe ziehen muß, ohne sich um die Liebe zu bekümmern.

Bern. Das ist schon recht; ich habe aber meiner Fiametta geschworen, sie zu heirathen.

Plutus. Du machst mich lachen; die Eid-schwüre der Verliebten sind von schlechter Verbindlichkeit.

Bern. Sagen sie, was sie wollen, meine Fiametta kann ich nicht lassen.

Plutus. Nun wohl: in kurzem werde ich dich anderst reden hören: nun muß ich dir noch was großes sagen.

Bern. Sagen sie es nur.

Plutus. Ich warne dich, mein lieber Bernardon, daß ich zum kommen krumm und langsam, zum weggehen aber flüchtig und sehr geschwind bin.

Bernard. A ha, das versteh ich schon, und damit sie sehen, daß es wahr ist, so gehe ich itzt gleich, und will den Schatz in meinen Garten vergraben; aber bey Leibe, sagen sie keinem Menschen was davon.

Plutus. Sey ohne Sorge; verwahre mein Geschenk, und hiemit lebe wohl!

(mit den seinen ab.)

Bernard. Das ist ein galanter Herr Plutus; das ist ein raisonabler Teufel, der gibt mir den schönen Schatz (küßt solchen unter Freudensbezeigungen) Was wird das für eine Freude seyn! aber der Teufel! ich muß mich in Acht nehmen: du bist so schön; ein jeder wird dich haben wollen! ist es nicht wahr? gehen wir, ich will dich verstecken ——— aber wohin? ——— in Garten ——— nein, ich habe es dem Plutus gesagt: er könnte selber kommen, und dich wieder stehlen ——— aber wohin denn ——— unter das Bett — parole! (geht) aber nein; bey der Nacht könnten die Mäuse kommen, und mir ihn zerreissen.——— Nein — nein Sakrament! noch einmal! wo verstecke ich ihn denn hin? ——— das ist miserable! ich kann mir keinen Ort einbilden; es schwindelt mir schon der Kopf, vor lauter Nachdenken, mir ist ganz anders, wie vorher ——— wo soll ich den Schatz verbergen? das beste, was ich werde thun können, — wird seyn, daß ich dich im Keller unter ein Faß vergrabe. ——— (furchtsam umsehend ab.)

Zweyter Aufzug.

Die Stadt mit Seitenhäusern.

Erster Auftritt.

Isabelle. Kasper. Rennthal.

Rennthal. Fürchten sie sich nicht, Isabelle! ihr Argwohn ist ohne Grund.

Isabelle. Nein, Rennthal! mein Vater scheint mir eine Zeit her ganz verändert zu seyn; er redet nicht mehr von euch, und so ich von euch reden will, läßt er mich stehen, und geht ohne zu antworten, fort —— und wie wäre es, wenn er mir gar verbieten sollte, euch zu sehen?

Kasper. Das wäre gut für mich, so gebe es hin und her Briefe zu tragen, und da würde es rechtschaffen Trinkgelder absetzen.

Rennthal. Halte dein Maul —— Isabelle! warum sucht ihr denn mit Gewalt euch zu quälen? der Argwohn betrügt oft, und von allen dem, was ihr mir gesagt, könnte ich für uns nichts übles prophezeihen.

Isabelle. So macht das veränderte Bezeigen meines Vaters bey euch keine Furcht?

Rennthal. Euer Herr Vater ist ein vernünftiger Mann; er hat mir erlaubt, euch zu bedienen. Noch hab ich ihm keine Gelegenheit zu einem Verdruße gegeben, warum sollte ich mich denn fürchten?

Isabelle. O Himmel! diese grosse Sicherheit giebt mir Ursache, etwas anders zu befürchten.

Rennthal. Und was befürchtet ihr denn? erkläret euch deutlicher.

Isabelle. Höret Rennthal: Ihr liebt als ein Soldat, und tractirt die Liebe, als wenn es ein Feind wäre; ich will sagen: ihr tractirt sie ohne Furcht; und ein Liebhaber, der nicht fürchtet, ist keiner von denen, die gar zu heftig lieben.

Rennthal. Saget vielmehr, daß der, welcher am heftigsten liebt, keine Gefahr, oder Hinderniß scheuet; weil er entschlossen ist alles zu überwinden, und wenn es auch das Leben kosten sollte.

Isabelle. Liebende haben allezeit zu fürchten, und zwar jene am meisten, die eine gehorsame Tochter lieben, welche sich nach dem Willen ihres Vaters richtet, und ohne seine Einwilligung auch das größte Glück ausschlagen würde.

Rennthal. O ha! itzt fang ich euch an zu verstehen; Ihr seyd nicht die erste Tochter, welche zu ihrer Unbeständigkeit die väterliche Strenge zum Deckmantel genommen hat.

Isabelle. O! das ist zu viel, dieses hat mich an dem empfindlichsten Theil meiner Seele angegriffen. Dieses entdeckt mir nun vollkommen meinen Argwohn.

Renn-

Rennthal. Was für einen Argwohn? was habt ihr entdeckt?

Isabelle. Es entdeckt mir die Beschaffenheit eures Herzen, und ihr urtheilt andre Menschen nach euch selbst.

Rennthal. Isabelle: ihr werdet mich mit diesen Reden auf das äusserste aufbringen.

Isabelle. Ha! ich begreife schon, was ihr sagen wollt. Jedoch man tröstet sich über alles.

Rennthal. Das ist gewiß, man stirbt nicht von einem jeden Verdruß; jedoch bisweilen erkennt man erst das gute, wenn man selbes schon verloren hat.

Isabelle. Und ich glaube, daß ich weiter nichts mehr zu erkennen habe, und kann aus euerm Bezeigen leicht abnehmen, wie ihr in das künftige werdet beschaffen seyn.

Rennthal. Nun wohl! bis dato habt ihr, dem Himmel sey es Dank, die Rückkehr gänzlich frey: ihr könnt euch entschließen, zu was ihr wollt.

Isabelle. Ja ja: weil ihr dann dem Himmel deßwegen dankt, und das Herz gehabt, mir dieses vorzuschlagen; wird es wohl nöthig seyn, daß ich einen Schluß fasse. (wendet sich von ihm)

Rennthal. O! wenn es auf den Schluß ankömmt, sollen sie mir nicht vorkommen. Adieu Isabelle. (ab.)

Isabelle. Kasper, Kasper! — geht er wirklich fort?

Kasper. Ja freylich! sie sehen es ja.

Isabelle. O Himmel! gehe! laufe! (ängstig.)

Rennthal. (a tempo wieder heraus.) Habt ihr mir gerufen? Isabelle!

Isabelle. (höhnisch) Das hat mir nicht einmal geträumt.

Rennthal. So bleibet ihr also bey eurer Kaltsinnigkeit.

Isabelle. Daran ist nicht mehr zu zweifeln.

Rennthal. Bedenkt euch wohl, Isabelle. (wendet sich von ihr.)

Isabelle. Gleich sollt ihr sehen, daß ich mich vollkommen bedacht habe. (zornig ab.)

Rennthal. Kasper! Kasper! ist sie wirklich fortgegangen?

Kasper. Ja; sie ist auf, und davon.

Rennthal. O Himmel! laß uns ihr nachgehen.

Kasper. Stille! sie kömmt schon wieder.

Rennthal. (wendet sich von ihr.)

Isabelle. (heraus.) O ihr abscheulicher Mensch! ihr rufet mich nicht einmal zurück.

Rennthal. Und warum sollt ich euch rufen?

Isabelle. Ich habe geglaubt, ihr wäret vernünftiger geworden.

Rennthal. Und eben, weil ich vernünftiger geworden, laß ich euch eure Freyheit.

Isabelle. So seye es dann Undankbarer, ich gehe. (geht bis an die Scene.)

Rennthal. Gehe Grausame! ich folge deinem Beyspiel. (geht bis an Scene.)

Kasper. He, he! Fräulein Isabelle! Herr Patron! was Teufel soll das seyn.

Isabelle. Was willst du?
Rennthal. Was ist es?
Kasper. Was sind dieses für Narrkeiten? sie lieben einander, sie wollen einander heirathen, und treiben solche Kindereyen. (stellt sich in die Mitte.) gleich kommen sie zu mir her.

Isabelle. Aber – der Rennthal. ⎫ auf ihrem
Rennthal. Aber – die Isabelle. ⎬ Platz.

Kasper. Ey der Geyer hole euer aber! allons: wir wollen Friede machen; Her zu mir! Herr Rittmeister, sie müssen den Anfang machen.

Rennthal. Wer? — ich? das thue ich gewiß nicht.

Kasper. Nu Fräule Isabelle! so fangen sie an.

Isabelle. Ich soll die erste seyn, das wäre mir recht.

Kasper. O kömmt die Sache auf einen Precedenzstreit an? das Ceremoniel wollen wir auch vergleichen, der Kavalier muß allezeit der Dame nachgehen. – (geht zum Rennthal, nimmt ihn rückwärts, machen sie einen Schritt zurück. (solches geschieht, Kasper läuft zu Isabelle auf gleiche Art) Nun machen sie einen Schritt zurück, (dieses geschieht auch, das wird so lange gemacht, bis Rennthal, und Isabella mit dem Rücken aneinander anstehen,) nun drähen sie sich um.

Isabelle. ⎫ drähen sich um ohne einander
Rennthal. ⎬ anzusehen.

Kasper. Itzt sehen sie sich einander an.
Isabelle. } Sehen einander ohne Miene
Rennthal. }   an.
Kasper. Itzt lachen sie auf einander.
Isabelle. } Lachen auf einander)
Rennnthal. }
Kasper. Victoria! der Frieden ist geschlossen.

Rennthal Angebetene Isabelle! wie könnt ihr mich doch zur Unzeit quälen?

Isabelle. Und ihr erkennt so wenig meine zärtliche Liebe, und die Sorge so ich trage euch zu verlieren.

Rennthal. Mein Leben! bald will ich euch eurer Sorge entladen; ich eile zu eurem Herrn Vater, unsre Verbinduug in Richtigkeit zu bringen.

Isabelle. O ja! thut solches! mein Leben! mit Schmerzen werde ich in meinem Zimmer auf eure Rückkunft warten. Lebt wohl mein Geliebter!

Rennthal. Adieu! himmlische Isabelle. (küßt ihr die Hand.)

Isabelle. (Mit einer verliebten Neigung ab)

Rennthal. Nun habe ich wieder alles (im abgehen.)

Kasper. He! Gnädiger Herr!

Rennthal. Ich weiß schon, was du willst—
(ab)

Kasper. Er weiß schon, was ich will, aber er giebt mir nichts. Die Verliebten kommen mir

mir natürlich wie die Kinder vor; sie wollen mit einander spielen, endlich fangen sie an zu raufen —— Nach diesem geschlossenen Frieden will ich mich mit meinem Freund Bernardon lustig machen: eben eröffnet sich die Thüre. (tritt zurück) Ja er ist es.

Zweyter Auftritt.

Kasper, Bernardon. (aus seinem Hause.)

Bern. (Ohne umsehen, sperrt die Thüre zu, geht in Gedanken, und rechnet an den Fingern.

Kasper. (vor sich) Das ist das erstemal, daß ich ihn nicht singend antreffe. (gehet vor Bernardon vorbey.)

Bern. (wie zuvor, stoßt an den Kasper und erschrickt grausam.)

Kasper. Brüderl! vor was erschrickst du, kennst du mich dann nicht?

Bern. A bist du es? der Bärnhäuter hat mich erschreckt, daß ich nicht weiß, wo ich bin.

Kasper. O schön! seh ich etwan dem Teufel gleich? geh Brüderl, komm mit mir, ich habe einen Wein angetroffen, der einen vom Tod erwecken kann.

Bern. Und wer soll zahlen?

Kasper. Das versteht sich, du mußt zahlen, du bist ia hier zu Hause.

Bern.

Bern. Mich durst nicht.

Kasper. Er ist unvergleichlich gut.

Bern. Ich trinke itzt nichts als Wasser.

Kasper. O wenn du ihn nur kosten sollst, er ist recht delikat!

Bern. Meinethalben mag er delikat seyn oder nicht: trink du, so lang du willst, und laß mich gehen.

Kasper. Was ist dir denn über die Leber gelaufen, wo ist dein singen, dein springen, und lustiges Wesen hingekommen?

Bern. Es sey hingekommen, wo es will, so geht es dich nichts an.

Kasper. O ich sehe schon, es ist mit dir nichts zu machen, schau, daß du dir deine Galle stillen kannst, und ich will gehen, und mir den Durst löschen, du verdrüßlicher Kerl. (ab)

Bern. Der Bärnhäuter glaubt, daß ein reicher Mann nichts anders zu thun hat, als mit solchen Kerlen saufen zu gehen: wie leicht könnte ich mich bey der Gelegenheit vollsaufen, und der Kerl könnte mir alsdann meinen Schatz stehlen, nicht wahr? O da ist der Bernardon zu gescheid dazu.

Dritter Auftritt.

Fiametta. (fröhlich heraus)

Fiametta. Bernardon komm geschwind.

Bern. (läuft zu seinem Haus) O ho! was

ist das? Man ist wohl keinen Augenblick sicher.

Fiametta. Schon eine ganze Stunde such ich dich, ich war in deinem Garten, auch da hab ich dich nicht gefunden, bist du heut in deinem Garten noch nicht gewesen?

Bern. (kaltsinnig) Nein.

Fiametta. Komm geschwind mit mir.

Bern. Wohin?

Fiametta. Zu der Lesbina: es ist heute ihr Geburtstag, sie haben Musikanten und werden tanzen, ich bin dazu eingeladen, aber ohne dich geh ich nicht.

Bern. O zum tanzen bin ich gleich fertig. (lustig) ich gehe mit. (vor sich) Aber itzt fragt sichs erst, ob ein reicher Mann auch tanzen darf — das glaub ich nicht ——— (zu ihr) gehe du nur allein, ich habe keine Lust zum tanzen.

Fiametta. Aber warum willst du nicht mitgehen, sag mir nur wenigstens die Ursache.

Bern. Die Ursache ist —— weil ich —— weil du — ich bin ja krumm. (stellt sich krumm)

Fiametta. Du bist krumm, laß sehen! —— O du armer Narr! Ey es wird nichts zu bedeuten haben: durch das Tanzen wird es schon wieder vergehen.

Bern. Nein, nein, ich habe auch einen Karthar —— (hustet)

Fiametta. Einen Karthar! das ist mir wohl leid, aber komm nur zum tanzen. Dann bisweilen vergeht der Karthar durch den Schweiß

Bern.

Bern. Ich hab itzt nicht Zeit. Lebe wohl! (will kaltsinnig fortgehen.)

Fiametta. Was? du verläßest mich so geschwind, bin ich vielleicht nicht mehr deine Fiametta? (hält ihn auf.)

Bern. Ja ja, der Teuchsel noch einmal ja. Du bist es.

Fiametta. Und du hast das Herz von mir zu gehen, ohne mir vorher ein schönes Wort zu sagen?

Bern. Nu ja, so wart meine liebe Fiameta —— aber was soll ich denn sagen?

Fiametta. Das, was du mir sonst zu sagen pflegtest, das, was du mir noch diesen Morgen gesagt hast, daß du mich vor schön haltest, daß du mich liebest, und daß du mich ewig lieben wirst.

Bern. Ich liebe dich, das habe ich dir schon einmal, zehnmal, und hundertmal gesagt.

Fiametta. Ach mein lieber Benardon: ich kann nicht satt werden dich anzuhören. Die süßen Worte sind aus dem Munde desjenigen, den man liebt, immer neu, und angenehm; so gehe Bernardon wiederhole deine Liebe, ich bitte dich, wiederhole es mir zu gefallen.

Bern. O ich habe dich lieb, du bist schön, du bist angenehm, du bist —— nu du bist alles. Itzt glaub ich, wird es genug seyn.

Fiametta. Was ist das für ein Bezeigen? Was ist das für ein Humor? Wie hast du dich verändert? was hab ich dir gethan? Rede doch mein Bernardon.

Bern. O so höre doch einmal auf, das ist ja impertinent. Ich habe tausend Sachen in meinem Kopf: und du kommst just her mich zu plagen.

Fiametta. Wie? Fiametta dich plagen?

Bern. O geh weg: — (verdrüßlich)

Fiametta. Schaffest du es, daß ich gehen soll?

Bern. Ja!

Fiametta. Ich will dir gehorsamen (geht traurig bis an die Scene, kehrt wieder um) und willst du nicht einmal zu mir, Lebewohl sagen — (zupft ihn) nicht einmal Lebewohl

Bern. Nu ja: lebe wohl, leb wohl, leb wohl!

Fiametta. Was muß ihm doch geschehen seyn, wer muß ihm doch ohne mein Wissen etwas zuwider gethan haben?

ARIA.

O könntest du doch sehen
  Den Jammer, und die Schmerzen,
  Die Qual in meinem Herzen!
    Ach! meine Freud ist hin,
    Weil ich verlassen bin.

Nach der Aria wird der Lazo mit Lebewohl, noch ein paarmal repetirt. Endlich Fiametta ab.

Bernard. Jetzt weiß ich nicht, soll ich arbeiten gehen, oder nicht? arbeiten ist keine Sache

Sache für einen reichen Mann; durch das
Arbeiten aber macht man Geld. — Da steckt
der Hacken — geh ich in Garten, kommen die
Diebe, und tragen mir den Schatz weg, und
zu was hilft mir das Arbeiten? Man schwitzt
viel, und verdienet wenig — — ach es ist
besser im Hause zu bleiben — aber es giebt
schon solche Leute in der Stadt, die auf alles
acht geben; wenn sie mich nicht mehr werden
arbeiten sehen, wird es gleich heissen: A ha,
der Bernardon macht nichts mehr in seinem
Garten, von dem er doch sonst das Brod gehabt, von was lebt er dann? er muß einen
Schatz gefunden haben; (schreit) es ist erlo-
gen, ihr böse Leute, ich bin ein armer Teufel.
Es kann einmal nicht anderst seyn: es müßen
schon alle Leute das Geheimniß wissen, wenn
ich auf der Gasse gehe, so schauen mich die
Leute mit den Augen an, sie zeigen mit den
Fingern auf mich, und nehmen den Hut vor
mir ab. Daß sind lauter üble Zeichen.

(Bleibt in Gedanken stehen.)

Vierter Auftritt.

Kraftheim.

Krafth. Da steht der Mensch: der Wurm,
der beständig in meiner Seele, und in meinem
Gewissen naget. Sein Vetter, welcher mit mir,
und meinen Negotien beständig in Compagnie
gestanden, und von dem ich sein ganzes Vermögen

mögen in Händen habe, dieser Vetter ist schon vor 2. Jahren gestorben, und unerachtet aller genauen Nachforschung, habe ich von keinem andern Freund, außer diesem Bernardon, etwas erfahren können. Mein Gewissen zwingt mich also, das hinterlassene Geld dieses Menschen, als dem rechtmäßigen Erben, ausfolgen zu lassen. Damit aber diese Gelder nicht aus meiner Familie kommen, will ich ihn mit meiner Tochter Isabelle verheirathen. Es ist zwar wahr, daß ich dem Rittmeister Rennthal zu derselben einige Hoffnung gegeben habe, allein mein eigenes Interesse gehet vor — — sein Diener Herr Bernardon!

Bernard. A gehorsamer Diener, Herr Kraftheim!

Krafth. Wie geht es, mein bester Freund!

Bernard. Bester Freund! — was gilts der weiß schon was von meinem Schatz — — die Gesundheit anbelangend gehet es gut, aber der Beutel ist ziemlich krank!

Krafth. (abseits) Wenn er sein Erbtheil wüßte, würde er nicht so sagen; ich habe den Herrn so lieb, und der Herr hat das Glück gehabt — —

Bernard. Ich bitte, schweigen sie doch stille. (abseits) Es ist richtig, der alte Schelm wird etwas von meinem Schatz wissen.

Krafth. Hör der Herr, ich muß dem Herrn etwas sagen, das dem Herrn nicht wird übel gefallen.

Ber-

Ein Lustspiel.

Bernard. Aber geben darf ich dem Herrn nichts?

Krafth. Nein, ich will dem Herrn etwas geben, und weiß der Herr was? eine Frau will ich dem Herrn geben.

Bernard. Eine Frau für mich! und warum will der Herr mir eine solche Verdrüßlichkeit auf den Hals laden?

Krafth. Der Herr weiß aber nicht, was ich dem Herrn für eine Frau geben will, der Herr kennt mich, der Herr weiß, daß ich reich bin?

Bernard. Ja, ich habe es gehöret, daß der Herr viel Geld hat, aber was hilft das mich?

Krafth. Kennt der Herr meine Tochter?

Bernard. Nein, ich habe nicht die Ehre sie zu kennen.

Krafth. Ach das ist ein schönes Gesicht, und alle Leute sagen, daß sie mir gleich sehen soll.

Bernard. Wenn sie dem Herrn gleich siehet, so wird die Schönheit nicht gar zu groß seyn.

Krafth. Meine Tochter ist es eben, die ich dem Herrn geben will.

Bernard. Mein Herr Kraftheim, wenn sie Lust haben sich zu foppen, so foppen sie sich nicht mit einem so armen Teufel, wie ich bin.

Krafth. Was foppen, mein lieber Bernardon, ich rede von Grund meines Herzens.

Bernard. (abseits.) O das ist eine Lockspeise, meinen Schatz heraus zu fischen.

mögen in Händen habe, dieser Vetter ist schon vor 2. Jahren gestorben, und unerachtet aller genauen Nachforschung, habe ich von keinem andern Freund, außer diesem Bernardon, etwas erfahren können. Mein Gewissen zwingt mich also, das hinterlassene Geld dieses Menschen, als dem rechtmäßigen Erben, ausfolgen zu lassen. Damit aber diese Gelder nicht aus meiner Familie kommen, will ich ihn mit meiner Tochter Isabelle verheirathen. Es ist zwar wahr, daß ich dem Rittmeister Rennthal zu derselben einige Hoffnung gegeben habe, allein mein eigenes Interesse gehet vor — — sein Diener Herr Bernardon!

Bernard. A gehorsamer Diener, Herr Kraftheim!

Krafth. Wie geht es, mein bester Freund!

Bernard. Bester Freund! — was gilts der weiß schon was von meinem Schatz — — die Gesundheit anbelangend gehet es gut, aber der Beutel ist ziemlich krank!

Krafth. (abseits) Wenn er sein Erbtheil wüßte, würde er nicht so sagen; ich habe den Herrn so lieb, und der Herr hat das Glück gehabt — —

Bernard. Ich bitte, schweigen sie doch stille. (abseits) Es ist richtig, der alte Schelm wird etwas von meinem Schatz wissen.

Krafth. Hör der Herr, ich muß dem Herrn etwas sagen, das dem Herrn nicht wird übel gefallen.

Bernard. Aber geben darf ich dem Herrn nichts?

Krafth. Nein, ich will dem Herrn etwas geben, und weiß der Herr was? eine Frau will ich dem Herrn geben.

Bernard. Eine Frau für mich! und warum will der Herr mir eine solche Verdrüßlichkeit auf den Hals laden?

Krafth. Der Herr weiß aber nicht, was ich dem Herrn für eine Frau geben will, der Herr kennt mich, der Herr weiß, daß ich reich bin?

Bernard. Ja, ich habe es gehöret, daß der Herr viel Geld hat, aber was hilft das mich?

Krafth. Kennt der Herr meine Tochter?

Bernard. Nein, ich habe nicht die Ehre sie zu kennen.

Krafth. Ach das ist ein schönes Gesicht, und alle Leute sagen, daß sie mir gleich sehen soll.

Bernard. Wenn sie dem Herrn gleich siehet, so wird die Schönheit nicht gar zu groß seyn.

Krafth. Meine Tochter ist es eben, die ich dem Herrn geben will.

Bernard. Mein Herr Kraftheim, wenn sie Lust haben sich zu foppen, so foppen sie sich nicht mit einem so armen Teufel, wie ich bin.

Krafth. Was foppen, mein lieber Bernardon, ich rede von Grund meines Herzens.

Bernard. (abseits.) O das ist eine Lockspeise, meinen Schatz heraus zu fischen.

Krafth. Ich habe sie zwar von weitem einem gewissen Rittmeister versprochen, allein ich will meine Tochter mit dem Hrn. Bernardon glücklich machen.

Bernard. Herr Kraftheim, sey der Herr kein Narr, gieb der Herr seine Tochter dem Herrn Officier, und bedenke der Herr, daß ich nichts habe.

Krafth. Ey, ich weiß schon des Herrn sein Reichthum.

Bernard. Was Reichthum —— der Teufel ist reich!

Krafth. Ja, der Herr ist reich.

Bernard. Der Teufel ist reich, sag ich dem Herrn.

Krafth. Der Herr ist reich an Tugenden, und deßhalb soll der Herr meine Tochter haben, und sie bekömmt mit dem Herrn einen Schatz.

Bernard. O jetzt ist es aus — ein Schatz! Ach weh helft! ich bin verrathen, verkauft und betrogen! —

Krafth. Was schreit der Herr also?

Bernard. Ach! ich habe keinen Schatz, es ist nicht wahr.

Krafth. Ja, der Herr hat einen Schatz.

Bernard. Den Teufel hab ich auf des Herrn seinen Kopf.

Krafth. Ich weiß es besser, der Herr hat einen grossen Schatz, das ist das gute Herz, das der Herr nebst andern guten Eigenschaften
be=

besitzt, und dieser Schatz soll meine Tochter glücklich machen.

Bernard. Also glaubt der Herr nicht, daß ich einen andern Schatz habe.

Krafth. Was für einen Schatz sollt ich sonst meinen?

Bernard. (abseits) Was ich für ein Esel bin!

Krafth. Also Herr Verr Bernardon, will sich der Herr entschließen, meine Tochter zu heirathen?

Bernard. Ja, aber wenn ich des Herrn seine Tochter heirathe, muß mir der Herr zur Strafe sein ganzes Vermögen geben.

Krafth. Jetzo die Hälfte, und nach meinem Absterben alles.

Bernard. (abseits) Was soll ich thun? der Plutus hat mir wohl gerathen, eine reiche Frau zu nehmen.

Krafth. Nun dann, wenn der Herr entschlossen ist, wollen wir die Sache heute noch zu Ende bringen.

Bernard. Meinethalben, ich bin zufrieden. (abseits) Potz tausend! was wird meine Fiametta sagen.

Krafth. In diesem Beutel sind 300. Dukaten, da kauf sich der Herr geschwind allerhand Kleinigkeiten ein, die der Herr zur Hochzeit nöthig hat, für das übrige werde ich sorgen.

Bernard. Saprament, 300. Dukaten — aber er wird wieder was von mir haben wollen:

len; —— apropo, ich habe dem Herrn schon gesagt, daß ich keinen Schatz habe.

Krafth. Ey, das weiß ich, und das häb ich schon gehöret.

Bernard. Ja, schau der Herr Schwiegervater, ich sage es lieber voraus, damit ich bey der Heirath keine Verdrüßlichkeit habe; der Herr muß halt denken, daß ich ein armer Gärtner bin, ich habe nicht einmal so viel, daß ich einen Strick für den Herrn kaufen könnte.

Krafth. Der Herr ist ein lustiger Mann. Eins fällt mir noch ein: Ich habe vergessen, den Herrn zu erinnern, daß sich der Herr als mein künftiger Schwiegersohn, in der Kleidung etwas nobler aufführen muß —— Ich werde dem Herrn einen Schneider, und einen Paruquenmacher schicken.

Bernard. Das muß aber alles der Herr bezahlen, denn auf meinen Conto dürfen sie nicht kommen.

Krafth. O! das versteht sich von sich selbsten.

Bernard. Adieu, Herr Schwiegervater. (im Abgehen) Potztausend, ich muß doch ein wenig zu meinem Schatz gehen. (ab)

Krafth. Der Mensch ist vor Freuden ganz ausser sich, und mir ist nunmehro ein grosser Stein von meinem Herzen gefallen; ich leiste durch diese Heirath meiner Schuldigkeit ein Genügen; der rechtmäßige Erbe bekömmt sein
Geld

Geld, und das Kapital bleibt doch unter den Meinigen. Nun muß man dem Herrn Rennthal auch den Laufzettel geben; doch will ich ihm so viel als möglich ausweichen, und meiner Tochter sogleich melden, daß sie eine Braut des Bernardon sey, folglich dem Herrn Rittmeister den Abschied geben soll.
(geht ab in die Scene, wo Rennthal herkömmt.)

Fünfter Auftritt.

Kraftheim, Rennthal.

Rennth. Ach mein Herr Kraftheim, indem ich sie suche, habe ich eben das unverhofte Glück, sie anzutreffen.

Krafth. Nun bin ich gut angekommen: der hat mich überrumpelt. Ich wollte etwas schuldig seyn, wenn ich schon von ihm los wäre.

Rennth. Ach! er wendet sich von mir: dieses bedeutet gewiß ein Unglück; doch muß ich wissen, woran ich bin.

Krafth. Das war eine verdammte Rencontre.

Rennth. Sie vergeben, mein Herr Kraftheim ——

Krafth. A ha! Herr Rittmeister, sie sind hier. Warum sind sie so geschwind von ihrem Regiment gegangen? Ich hätte nicht geglaubt, sie sobald hier zu sehen.

Rennth. Blos das Vergnügen, und die Ehre zu genießen ihre werthe Person zu sehen, und dero englischen — —

Krafth. Ich verstehe sie schon. (fällt ein.) Ich und meine Tochter verdienen diese Ehre gar nicht.

Rennth. Sie und dero Mölle Tochter verdienen alle Hochachtung der Welt, und eben diese Hochachtung zwinget mich aus dero väterlichen Munde mein vollkommenes Glück zu vernehmen.

Krafth. Ich bin der Mann nicht, der den Ausschlag ihres Glücks oder Unglücks machen kann. Ich verstehe sie schon Herr Rittmeister, sie möchten gerne Obristlieutenant oder Obrister werden, aber das werden sie von mir nicht verlangen können.

Rennth. Wer wollte auf diese Schwachheit verfallen? Es sind bereits 6. Monate, da dieselben mir die Erlaubniß gaben, dero Haus zu besuchen. Unter dieser Zeit war ich ein beständiger Verehrer der schönen Isabelle. Nunmehr aber erkühne ich mich nach jenen Handen zu seufzen, die allein alle meine Wünsche erfüllen.

Krafth. (bey Seite.) Der Kaufmann hat seine Waaren völlig ausgelegt.

Rennth. Mein Herr, sie können vollkommen versichert seyn, daß ich mit einer beständigen Ehrfurcht ewig erkänntlich seyn werde.

Krafth. Nein, Herr Rittmeister! sie thun meinem Hause zu viel Ehre an — — aber —

es

Ein Lustspiel.

es ist mir zwar leid, doch ich muß ihnen sagen, daß ich ihnen meine Tochter nicht geben kann — und daß ich – genug! Ein anderer hat schon das Wort von mir. (bey Seite.) Jetzt habe ich auch meinen Kram ausgepackt.

Rennth. O Himmel, was höre ich!

Krafth. Ich habe große und wichtige Ursachen, welche mich zu diesem Bündniß zwingen. Es wird ihnen unbegreiflich scheinen, wenn ich ihnen sage, daß mein zukünftiger Schwiegersohn ein Gärtner, und der Bernardon ist.

Rennth. Gott! was ist dieses? Herr Kraftheim, wenn ich auch ihres Mitleids nicht würdig bin, so bedenken sie doch, ihre arme Isabelle, Sie einem so unwürdigen, ich hätte bald gesagt, nichtswürdigen Menschen zu geben; Eine so ungleiche Verbindung würde diese Aermste zur größten Verzweiflung bringen.

Krafth. Ich muß dem Herrn errinnern, daß ich der Vater von meiner Tochter bin, und über ihren Willen zu schaffen habe. Der Hr. Rittmeister hat nun meine Meynung vernommen, folglich werden Sie meine Isabelle in Ruhe lassen. (mit einem Compliment ab.)

Rennth. Ich dich verlieren; schöne Isabelle; o Himmel! ich soll dich als Frau eines schlechten Gärtners sehen? Der Bernardon soll dein Bräutigam, und mein Rival seyn? Ach ich bin voll Verzweiflung!

Sechster Auftritt.

Kasper. (mit einer Liste in der Hand.)

Kasper. A ha! da treffe ich ihn eben recht an, ihm den Conto von unserm Wirthe zu geben.

Rennth. (für sich) So einem schlechten Kerl!

Kasper. Bravo er hat den Auszieglel schon gesehen, wann ich Geld haben will, da bin ich allzeit ein schlechter Kerl.

Rennth. O! wenn er mir sollte in die Hände kommen, in dem Grimm, worinn ich mich befinde!———

Kasper. Er muß schon wissen, daß der Wirth zu viel aufgeschrieben hat.

Rennth. Ha! bist du da, Kasper? was hast du für ein Papier in der Hand?

Kasper. Der Wirth hat mir den Auszieglel gegeben, und bittet um die Bezahlung.

Rennth. Ach, Nichtswürdiger! zu einer Zeit kommst du mit einer so elenden Sache zu mir, da ich der allerunglückseligste der Menschen bin, da Kratheim mir seine Tochter abschlägt——Ach da mir der Bernardon vorgezogen wird.

Kasper. Was? der Bernardon? gnädiger Herr? leiden sie an der hitzigen Krankheit?

Rennth. Es ist nicht anderst. Kratheim hat mir diesen Nichtswürdigen vorgezogen, und
noch

noch diesen Abend soll er die schöne Isabelle bekommen. – Aber nein, er soll sie nicht bekommen! er soll sterben, ich eile sie von diesem Unglücke zu befreyen, so ihr drohet — — (will zornig abgehen.)

Kasper. Ey gnädiger Herr, wo wollen sie hin? wir müssen sehen — —

Rennth. Ich sehe nichts als Beschimpfung, und diese muß mit dem Blut meines Rivalen gerochen werden.

Kasper. Wäre es denn nicht besser, diese Heirath durch List zu hinterbringen? anstatt daß man auf solche Extremiteten gedenket.

Rennth. Nein, lasse mich, Bernardon muß sterben!

Siebenter Auftritt.

Vorigen, Fiametta.

Kasper. Stille, gnädiger Herr, just apropos. He Fiametta, Fiametta!

Fiametta. Was ist es? was wollt ihr?

Kasper. Höre um des Himmelswillen, mein Herr will deinen Bernardon umbringen.

Fiametta. Was hat euch der arme Mann zuwidergethan?

Rennth. Alles, was nur in der Welt möglich ist, er will mir meine Isabelle nehmen, meine Isabelle, die ich mehr, als mich selbsten liebe, und diese Isabelle will er heirathen.

Fiametta. Mein Herr! heirathen? das glauben sie nicht, dieses werden ihm seine Feinde aufbringen.

Rennth. Ach Fiametta! es ist nur gar zu gewiß; der Kraftheim selbsten hat mich versichert, daß schon alles richtig sey.

Fiametta. Aber, wie ist das möglich?

Rennth. Wollte der Himmel! daß es nicht wäre.

Fiametta. O du arme Fiametta, wie wird es mit dir stehen! da kommt mein Traum heraus.

Rennth. So viel ich sehe, bist du in diesen Nichtswürdigen verliebt.

Fiametta. Ach ja! freylich mein Herr!

Rennth. Er ist deiner unwürdig, ich gehe meinen Schimpf, und den deinigen durch seinen Tod zu rächen ——

Fiametta. Ach nein! bleibet doch: Ich bitte euch, ich bitte für ihn um Gnade.

Rennth. Ach Fiametta! du bist allzugütig für ihn.

Fiametta. Er hat mich ja vom ganzen Herzen lieb gehabt, es ist nicht möglich, daß ich von ihm betrogen seyn kann; laßt mich gehen, ich will ihn aufsuchen, ich bin versichert, daß er meinen Thränen nicht wird widerstehen können.

Kasper. Da kömmt er eben her.

Rennth. Ich brenne vor Zorn.

Fiametta. Ach Herr, verlaßt euch auf mich; laßt mich itzo allein mit ihm reden.

Rennth. Er ist ein Undankbarer, und verdienet dein Mitleid nicht.

Fiametta. O ich bitte für ihn.

Rennth. Wohl! aber nur kurze Zeit schenk ich ihm, dir zu gefallen sein Leben (mit Kasper ab.)

Achter Auftritt.

Fiametta, Bernardon. (aus dem Hause.)

Bern. Der Teuchsel noch einmal, ich habe meinen Schatz aus dem Keller genommen, und habe ihn auf den Traid-Boden getragen, da wird er sichrer seyn. (sieht die Fiametta) O bist du schon wieder da?

Fiametta. Bist du schon wieder da? Ach mein lieber Bernardon, hast du wohl das Herz mich so zu empfangen? ich bin noch allezeit die, die ich vorhero war, aber du bist nicht mehr derjenige, der du ehedessen gewesen.

Bern. O fängst du schon wieder an? du kömmst schon wieder mit deiner alten Historie.

Fiametta. O Himmel! und willst du, daß ich schweigen soll, da deine Unbeständigkeit auf das äußerste kömmt, willst du, daß ich schweigen soll, da du in Begriff bist, die Isabelle zu heirathen.

Bern. Die Isabelle?

Fiametta. Ja, die Isabelle! Willst du mir es etwan läugnen?

Bern. So heißt denn des Kraftheim seine Tochter Isabelle?

Fiametta. Ach, du weißt es nur gar zu gut.

Bern. Nein, noch bis dato habe ich ihren Namen nicht gewußt. Ich bedanke mich, daß du mir ihn gesaget hast; du wirst wohl wissen, wie reich sie ist? das ist ein guter Bissen, denk nur selber, ob ich ihn auslassen soll.

Fiametta. Also bist du völlig entschlossen, und weißt du denn, wen du heirathest? ein Mädl, die du nicht kennest, die dich nicht liebet, und die dich wider ihren Willen heirathen muß; und wen hingegen verlassest du? mich, die nur auf dich gedenket, die nur vor dich lebet, die sterben muß, wenn du ihr untreu wirst. Ach nein Bernardon! nein Schatz, thue es nicht.

Bern. Fiametta zürne dich nicht, ich will dich auf meine Hochzeit einladen, du kannst tanzen, du kannst essen: es wird alles da seyn, du wirst dich recht lustig machen.

Fiametta. Ich auf deiner Hochzeit? Was glaubest du? Ich auf deiner Hochzeit?—und sollen diese meine Augen ansehen, daß du ein Bräutigam von einer andern bist? Ich, die ich dich liebe, ich, die ich dieses so oft geschworen! (weint)

Bern. Wenn du mich lieb hast, soll es dich dann nicht freuen, daß ich reich werde; bedenk nur einmal, wie dir das Herz lachen wird, wenn du mich bey deiner Thür wirst vorbeygehen sehen, überall mit Silber und Gold beschlagen, und so ein halbduzend Laqueyen, Lau=

fer, Heyducken vor meiner und hinter meiner: und wenn ich zu dir sagen werde: guten Tag, Jungfer Fiametta! wie stehts in der Jungfer ihrem Gärtl? und du wirst hernach zu deinen Leuten, die dabey stehen, sagen können: Schaut! der gnädige Herr da ist einmal mein Liebhaber gewesen, meinst du nicht, daß dieses eine große Ehre für dich seyn wird?

Fiametta. Ach Bernardon, was habe ich dir gethan, daß du so grausam mit mir umgehest? Ist das die baldige Hochzeit, mit welcher mir meine Mutter geschmeichelt hat? Ach wie angenehm war mir die Vorstellung, daß du Zeit meines Lebens der meinige würdest? Ach wie viel besser hätte ich gethan, wenn ich zu mir selbst gesagt hätte: Fiametta! was thust du? willst du eine Sklavinn von einem Undankbaren, von einem Ungetreuen, von einem so unbeständigen Wetterhahn seyn.

Bern. Ich kann nichts dafür, warum hast du kein Geld.

Fiametta. Und also verlassest du mich um des Geldeswillen? vergißt du auf jene Eidschwüre, die du mir so oftmal gethan hast, du wolltest mit mir leben, und sterben, wem soll man nunmehro glauben? da wir mit einander auferzogen aufgewachsen, da ich noch nicht reden konnte, hab ich dich doch schon gerne gehabt, und dennoch verlaßest du mich? Du siehest, daß ich ganz verzweifelt bin, du weißt, daß ich aus Schmerzen darüber sterben muß, und doch hast du kein Mitleiden mit mir?

Bernard. Höre auf Fiametta! und sage mir keine solche Sachen vor; du weißt, daß ich ein mitleidiger Narr bin, und daß ich gleich weinen muß. (weint)

Fiametta. Du weinst Bernardon! Also hast du mich noch lieb: ach thue doch, was dir dein Herz rathet, verlasse doch deine Fiametta nicht!

Bernard. Es ist wahr, mein Herz macht alleweil Tickel Tackel, aber was versteht das Herz, es weiß den Teufel, was zu einer glücklichen Ehe gehöret, es meint gleichwohl, es wäre schon die Liebe genug. Ja guten morgen. Man muß auch Zwanziger dazu haben.

Fiametta. Nein mein Schatz, laß das Geld fahren, und betrachte das Gemüth, das das Vornehmste in der Liebe ist; aber du kehrest das Gesicht von mir! Du hörest mich nicht Verräther! Ich verstehe dich. Es ist schon keine Hofnung mehr für mich, gehe nur zu deiner Isabelle. (will gehen)

Bernard. Nu, nu, Fiametta tröste dich. Schau, weißt du was, suche, daß du dir in der Zeit brav Geld zusammen sparest: wenn die Isabelle einmal stirbt, so schwöre ich dir, daß ich keine andere als dich heirathe.

Fiametta. O Bösewicht! Nimmermehr will ich dich sehen. Ich verabscheue deinen Namen, und verwünsche den Augenblick, da ich dich das erstemal habe kennen lernen.

Aria.

ARIA.

Nur fort aus meinen Augen,
Ursprung von meinen Plagen
Ursprung von meinen Klagen.
Wo bleibt die Treu, die Liebe
Die du mir hast geschworen;
Ach wär ich nie geboren
Tyrann! mein End ist nah.
Die Stunde sey verschworen,
Da dich mein Auge sah.

(Nach der Aria geht Fiametta zornig ab.)

Bernard. Die arme Närrinn hat Recht, es ist doch gleichwohl Schade um sie, wenn sie ohne Mann sterben sollte. Ich habe ja Geld, warum heirathe ich sie nicht? Aber Sakrament! wo bleibt die Isabelle und des Kraftheim sein Heirathgut? Ich will ein Negocium machen, und alle beyde zugleich heirathen. (ab)

Dritter Aufzug.

Erster Auftritt.

Bernardon. (allein.)

Die ganze Nacht habe ich die Mäuse gehen gehört; ich weiß nicht, seither daß der Schatz in meinem Hause schläft, kann ich nicht mehr schlafen, ich muß mit dem Schatz an ein anders Ort gedenken, wie wäre es, wenn ich ihn in Wald vergrübe? — —

Zweyter Auftritt.

Isabelle, Bernardon.

Isabelle. (sieht das Haus an) Allhier hat er gesagt, daß er wohnen soll.

Bernard. Warum schaut die mein Haus an? Das kann eine vornehme Spitzbübinn seyn, die muß ich suchen von meinem Haus zu bringen.

Isabelle. Der Entschluß meines Vaters setzt mich ganz außer mir, ich weiß nicht, wo ich hingehe.

Bernard. Guten Abend mein Frauenzimmer, mir kommt vor, sie sind ganz übels Humors.

Isabelle. O Himmel! mein Freund! Ich bin ganz voller Verzweiflung, mein Vater will mich verheirathen.

Bernard. O das ist was rares, ein Mädl, wie sie sind, soll in Verzweiflung gerathen, weil sie einen Mann bekommen soll; Ich habe geglaubet, sie würden sich vielmehr freuen.

Isabelle. Ja wenn man sich nach Vergnügen verheirathen kann; aber mein Vater widersezt sich meiner Neigung, und will mich einem Ungeheuer aufopfern, man hat mir gesagt, er sey eine rechte närrische Figur, kurz, dick, dumm, einfältig, eifersüchtig, verfressen, versoffen und geizig.

Bern. Wann ich, wie sie wäre, ich wollte mein Lebtag keinen solchen Narren heirathen.

Isabelle. Und mein Vater will mich noch diesen Abend demselben übergeben.

Bernard. Sie kennen ihn also nicht?

Isabelle. Nein, doch hasse ich dieß Monstrum ärger als den Tod selbsten.

Bernard. Sie haben Recht, ich befinde mich auch diesen Umständen: ich verheirathe mich auch in diesen Abend mit einem Mädl, die ich noch niemal gesehen habe.

Isabelle. Auch ihr heirathet so blind in Tag hinein?

Bernard. Ja freylich: sie haben mir gesagt, sie seye mehr garstig als schön, sie seye schlimm wie der Teufel, sie spiele gern, sie sey eine Hoffartsnärrinn, sie mache gerne Schulden und soll ein ganzes Regiment Soldaten zu Amanten haben.

Isabelle. Ach wie sehr bedaure ich euch.

Bernard. Ey sorgen sie sich nicht, sobald ich ihr Mann seyn werde, so will ich den adelichen Trampel schon karanzen.

Isabelle. So viel ich sehe, so seyd ihr an eurem Unglück selbsten Schuld, warum wollt ihr ein Weibsbild nehmen, die ihr nicht kennet, und die so übel beschaffen ist.

Bernard. Ja sie ist halt reich, vielleicht kennen sie dieselbe.

Isabelle. Es kann seyn, wie nennet sich dieselbe?

Bernard. Sie nennt sich, warten sie Is — Is — Isabelle

Isabelle. Was! Isabelle?

Bernard. Ja, so soll der Höllenriegel heissen, ich wollte wetten, daß sie dieselbe kennen: Sagen sie die Wahrheit, nicht wahr? es ist nichts gutes an ihr?

Isabelle. So bist du der Gärtner Bernardon?

Bernard. Ihnen zu dienen, mein Frauenzimmer.

Isabelle. So wisse dann, daß ich die Isabelle bin.

Bern.

Bernard. Sie?

Isabelle. Ja ich. Verwegner, abscheulicher Mensch, du bist verloren, so ferne du einen Gedanken auf mich hast.

Bernard. Piano. Mein Frauenzimmer! Wir wollen bald mit einander fertig seyn. Ich habe meinen Ehrentitel schon gehört, daß ich ein eifersuchtiger, dummer, geiziger, und versoffner Kerl bin, und ihnen zum Troz will ich sie zu meiner Gemahlinn nehmen.

Isabelle. Soferne du dich dieses unterstehest, so hoffe nur von mir allen jenen Verdruß, und Widerwärtigkeiten, so ein Weibsbild meines gleichen, einem Kerl deines gleichen anzuthun fähig ist.

Bernard. Schnikelte, Schnakelte, da lach ich dazu, sie können mir nicht so viel Schaden machen, als mir des Papa seine Thaler Nuzen bringen.

Isabelle. Welch eine niederträchtige Seele! Lasterhafter, eigennüziger Kerl, der du das bloße Geld deiner ganzen zukünftigen Glückseligkeit vorziehst. Verloren bist du, verloren bist du, wenn du mich bekommst.

Bernard. Das wollen wir sehen, das wollen wir sehen. — Das ist die schönste Art mit dem Bräutigam zu reden. Mit meiner armen Fiametta ist es anders gewesen. — He! ich höre einen Tumult im Hause: das werden Diebe seyn! man wird mich bestehlen. (läuft in Angst ab)

Isabelle. O Ungeheuer! hättest du dir nur den Kopf eingestossen! — Ich bin mehr garstig als schön, schlimm, ich spiele, mache Schulden. Was das für ein Bärenhäuter ist! und diesem Bräutigam will mich mein grausamer Vater aufopfern! Unglückliche! wohin wirst du deine Zuflucht nehmen? Zu dem besten Rennthal — aber auch der verläßt mich in meiner äußersten Noth. Ist dies die Liebe, die Treue — Aber was sehe ich? — Rennthal mit einer andern? — Wer mag sie seyn? sehr vertraut, sehr vertraut! — sie müßen einander schon lange kennen. — Auch Rennthal ist ungetreu. — Ich will ihre Unterredung behorchen. Himmel! dies fehlte noch! (tritt zurück.)

Dritter Auftritt.

Rennthal, Fiametta.

Rennth. Beruhige dich! geliebteste Fiametta: ich werde mir alle erdenkliche Mühe geben, deine schönen Thränen abzutrocknen. Ich will, ich muß deine Qual, so du leidest, versüßen: deine Ruhe ist mit meinem Vergnügen allzu genau verbunden.

Isabelle. (bey Seite) Nun bin ich gänzlich verloren!

Fiametta. Mein Herr: ich werde euch Zeit Lebens dafür verpflichtet seyn.

Rennth. Es bleibt also bey unserer Abrede, liebste Fiametta! Ich werde indessen Kleider besorgen, die der Welt zeigen sollen, daß Fiametta meine Braut ist.

Fia-

Fiametta. Mein Verlangen, meine Wünsche und mein ganzes zukünftiges Glück lege ich in ihre Hände. Gleich werde ich wieder bey ihnen seyn.

Rennth. Lebe wohl Fiametta! ich will keinen Augenblick versäumen, du! thue ein gleiches. (ab)

Isabelle. Geh! Ungeheuer, daß du den Hals brächst! O! warum kann ich doch diesen Augenblick nicht zu einem Mannsbild werden, daß ich diesen Verräther auf ein paar Pistolen heraus fodern könnte.

Fiametta. Wenn diese List glücklich von statten geht, kann ich mein ausgestandenes Unglück leicht vergessen.

Isabelle. (hervor) Ja! bezaubernde Circe! Du hast mich um das Herz meines Rennthals gebracht.

Fiametta. (abseits) Das ist die Braut des Rennthals: aus ihr redet eine unschuldige Eifersucht.

Isabelle. Deine frechen und verbuhlten Blicke haben den unschuldigen Rennthal verführt und bezaubert.

Fiametta. (abseits) Sie wird mich mit Rennthal haben reden gesehen. Ich will sie in ihrer falschen Meinung stärken, damit sie auch bey dem vermeinten Verlust des Rennthals jenen Schmerz empfinde, den ich erdulde, da sie mir meinen Bernardon nehmen will.

Isabelle. Du gemeines Weibsbild wirst den Lohn deiner Kühnheit schon bekommen und das

Zuchte

Zuchthaus soll dich zur Erkenntniß deines Fehlers bringen.

Fiametta. Ha! das ist zu viel! itzt muß ich mit ihr reden. — Mein liebes Frauenzimmer! sie vergessen gänzlich auf ihren Karakter und reden mit mir sehr niederträchtig. Ich bin zwar nur ein armes, gemeines Mädchen, aber ich bin ehrlich. Wenn ich nun nach meiner gemeinen Art alle diese Schmähworte beantworten sollte, was würden da nicht für schöne Phrases auf die Welt kommen, die vielleicht noch das Zuchthaus übersteigen möchten. Allein ich will bescheidner mit ihnen umgehen, und auf ihre vorigen harten Reden ihnen nur ein Gleichniß geben: Der gute Wein ist so wohl für die Armen als für die Reichen gewachsen: gemeiniglich aber trinken die Reichen den besten, weil sie Geld haben, und die Armen müssen mit dem sauren verlieb nehmen. Gleiche Beschaffenheit hat es auch mit den schönen und garstigen Mädchen in der Welt. Auch bey diesen hat der Reiche und Vornehme den Vorzug, und eben so macht es der Herr Rittmeister Rennthal mit seinem Gelde. Er kauft sich guten Wein und läßt den sauren einem armen und gemeinen Kerl. Mamsell! ihre Dienerinn. Sie werden mich verstanden haben. (ab)

Isabelle. Geh nur! nichtswürdiges Weibsbild! meine Rache soll dir auf dem Fuß nachfolgen. O! ich berste für Zorn und Eifersucht.

Vier-

Vierter Auftritt.

Isabelle, Kasper. (mit einem Billet.)

Kasper. Ich bin ganz außer Athem gelaufen. Hier ist ein Billet von meinem Herrn und sie sollen mir den Augenblick eine Antwort geben.

Isabelle. Ja Schelm! da ist sie schon (giebt ihm eine Ohrfeige und geht ab.)

Kasper. Noch habe ich in meinem Leben so keine geschwinde Antwort bekommen. Das ist eine Gegenwart des Geistes! aber eine schlechte Manier einen Furierschützen so zu tractiren. — Ich muß also zu meinem Herrn gehen, um zu fragen, was ich mit dem Billet und mit der Ohrfeige weiter zu thun habe. (geht ab.)

Fünfter Auftritt.

Bernardon, mit dem Topfe.

Da, mein lieber Schatz! suche du dir in des Himmelsnamen einen andern Herrn. Ich verlange mir keinen solchen Gast mehr in meinem Hause zu haben. — Es kömmt mir gleichwohl vor, als wenn mich der arme Narr ganz mitleidig anschaute, und mich fragte: warum ich ihn verlassen wollte? — Nein absolute — ich will nichts mehr von dir wissen: ich habe mir so pur wegen deiner einen Beul auf den Kopf ge-

gestoſſen; du gäbeſt ſo lange keine Ruhe, bis ich mir gar den Kopf zerbräche. So lang du in meinem Hauſe wareſt, habe ich keinen Augenblick Ruhe gehabt. Ich habe keinen Appetit mehr zum Eſſen: ich kann nicht mehr ſchlafen: ich bin nicht mehr luſtig: ich ſinge nicht mehr: ich tanze nicht mehr: ich darf keinem Menſchen mehr trauen: ich bin vor Niemand ſicher: ich habe mich nur beſtändig herum zu zanken: ich denke jetzt an nichts anders, als an das Geld. Ich bekümmere mich nichts um meine guten Freunde, und was das ärgſte iſt, ſo denke ich auch nicht mehr an meine liebe Fiametta. Ich habe ſie ſchon weinen gemacht: ſie iſt ſchon voller Verzweiflung. Vorhin wußte ich von keinem Verdruß, von keiner Krankheit, von keinem Doktor; itzt bin ich faſt mein eigner Henker, und bringe mich ſelbſt um. — Ha! du verdammtes, verfluchtes Teufelszeug! halte du künftig einen andern für einen Narrn; mich wirſt du nicht mehr kriegen. Ich will nichts mehr von dir wiſſen, ich ſchäme mich vor mir ſelber. Ich will wieder leben, wie ich vorher gelebt habe.

Sechſter Auftritt.

Bernardon, Stornberg, Plutus.

Stornb. Mächtiger Gott Plutus! ich kann dir für deine Hülfe nicht genug dankbar ſeyn. Von der Zeit an, da Bernardon den Schatz von dir hat, lebt die ganze Nachbarschaft in Ruhe. Man hört ihn nicht mehr singen noch schreyen.

Plutus. Ich bin selbst gekommen, ihn in seinem unruhigen Reichthum zu sehen. Da ist er eben.

Bernard. Aha, Herr Plutus! sie kommen eben recht. Kennen sie den Herrn Stornberg auch?

Plutus. Ja! der ist auch einer von meinen Vasalen und Favoriten.

Bernard. Sie haben ihm gewiß auch einen Schatz gegeben?

Plutus. Freylich.

Bernard. Da, geben sie ihm diesen auch dazu.

Plutus. Warum thust du dieses?

Bernard. Weil ich ihn nicht mehr haben will.

Plutus. Du willst ihn nicht mehr haben? ey, sey nicht so einfältig!

Bernard. Ich mag ihn nicht mehr. Nehmen sie ihn gleich, oder parole! ich werfe ihn ins Wasser. Wenn ich vorher gewußt hätte, was das für eine verfluchte Sache um einen Schatz ist, ihr solltet mich gewiß nicht erwischt haben.

Plutus. Also bist du meiner Wohlthaten schon überdrüßig?

Bernard. Was Wohlthaten! das sind Uebelthaten.

Plutus. Du Einfältiger! du weißt nur den rechten Gebrauch dieses Schatzes nicht. Du

E mußt

mußt dir einen geschickten französischen Koch nehmen, der dir die delikatesten Speisen, Pasteten, Torten, und allerhand dergleichen Leckerbißel zurichten kann.

Stornb. Ja, und dann kannst du dir eine Menge guter Freunde und Gäste einladen.

Bernard. Wenn ich Apetit habe, schmeckt alles gut. Mein lieber Herr Stornberg! eure Schmarotzer kommen nicht wegen eures schönen Gesichts, sondern wegen eurer guten Köche in euer Haus.

Plutus. Ich muß ihn bereden, und sollte es mich alle Reichthümer aus Peru kosten. — Sollte das dir nicht angenehm seyn, wenn dich die schönsten Gesichter bedienen, wenn ein Haufen Lakayen um dich herum wimmelt, wenn du in einem schönen Pallaste wirst wohnen können?

Bernard. Ich verlange weder schöne Gesichter, weder Lakayen, noch Pallast; mit einem Worte: ich verlange gar nichts.

Stornb. Du bist wohl ein rechter dummer Teufel! siehest du nicht, wie mich mein Schatz vornehm und ansehnlich macht? und mit was für Commodite ich mit meinem Gelde lebe?

Bernard. Der Herr mit samt seinem Gelde, mit samt seinem Ansehen, mit samt seiner Commodite ist und bleibt ein Narr.

Plutus. Du hast mir gesagt, daß du Fiametta liebest, gieb ihr also deinen Schatz;
durch

durch diesen bist du ein grosser Herr, und sie wird eine grosse Dame.

Bernard. Das brauchts nicht. Wer weiß, ob mich Fiametta lieben würde, wenn ich ein grosser Herr wäre. Das gute Kind ist itzt so fromm, wie ein Lamm; und wer weiß, wie sie alsdenn würde, wenn sie eine reiche Frau wäre.

Stornb. Ich sehe, bey diesem Kerl ist Hopfen und Malz verloren.

Plutus. Freund Stornberg! nimm du diesen Schatz: dir sey er geschenkt. — Du aber von den Göttern verlassener, von allen Elementen verfolgter, von den Menschen verachteter, und auf der Erde herumwandlender Bärenhäuter! Geh! Nichtswürdiger, in dein Unglück. Von dir nehme ich mit allen meinen Reichthümern auf ewig Abschied. Stornberg! folge mir.

Stornb. Mit Blut wirst du noch dein Unglück beweinen! O du armer Bärenhäuter!

(mit Plutus ab.)

Bernard. O ihr reiche Narren! — — Mir ist itzt eben so, wie dem Esel, dem der Müller den Sack abgenommen hat. Jetzt will ich wieder lustig seyn; vor allem aber meine Fiametta um Verzeihung bitten, und hernach dem Herrn Kraftheim sagen: daß er seine Tochter verheirathen soll, mit wem er will.

Siebenter Auftritt.

Bernardon, Kasper.

Bernard. Brüderl komm! wir wollen ins Wirthshaus trinken gehen.

Kasper. Wer wird bezahlen?

Bernard. Jetzt zahl ich, weil ich kein Geld mehr habe.

Kasper. Du? du bist ja niemals mehr durstig!

Bernard. O! wenn es ein guter Wein ist, trinke ich gleichwohl mit, wenn ich auch keinen Durst habe.

Kasper. Du trinkst ja nichts als Wasser?

Bernard. Geh, scher mich nicht! da nimm meinen Beutel, und laß Wein hergeben.

Kasper. Geh! du brauchst ja dein Geld zu deiner reichen Mariage.

Bernard. Mit meiner Fiametta brauche ich kein Geld.

Kasper. Mit deiner Fiametta?

Bernard. Ja freylich!

Kasper. Da stehst du frisch. Respekt mein guter Freund! die Fiametta ist itzt Ihro Gnaden, und meine hochgebjetende Patroninn.

Bernard. Kasper! ich glaube, du bist ein Narr.

Kasper. Ich? ein Narr? — da geh her! — schau, wer da kömmt, und sage, ob ich ein Narr bin?

Achter Auftritt.

Vorige. Fiametta, wird von Rennthal als Dame an der Hand geführt, Bediente, und ein Page, der ihr den Schlepp trägt.

Fiametta. (singt)

Ist das nicht ein herrlichs Leben?
So geputzt, so wunderschön:
Wie die Damen rum zu gehn!
Seinem Schatz das Prätzerl geben.
O che gusto das ist schön.
Unter Scherzen, unter Lachen
Grade, krumme Buckerl machen,
Zu parliren en françois,
Oui Monsieur en verité.
Monsieur laisse moi en repos!
Fi dont vous me faites trop chaud.
O che gusto, das ist schön!
Fällt mir auszufahren ein;
So heißts: he! Aufwarter! rein.
He! führ mich dahin!
He! führ mich daher!
So geht es die Länge; so geht es die Quer.

Bernard. Liebe Fiametta! bist du da?

Rennth. Was will der nichtswürdige Kerl? ist das eine Art, mit einer Dame so zu reden?

Bernard. Was dann! ich habe sie eher lieb gehabt, als sie.

Rennth. Zurück! sag ich.

Bernard. Fiametta!

Kasper. Geh doch auf die Seite! man gibt heute kein Allmosen.

Bernard. Fiametta!

Rennth. Kerl, packe dich! sonst ——

Bernard. Also seyd ihr schon miteinander verheirathet?

Fiametta. A propos, das ist ja, wenn mir recht ist — der — der — Herr Bernardon. — Siehest du endlich die Zeit, daß ich auch eine Braut bin?

Bernard. Und du bist capabel deinen Bernardon spatzieren zu schicken?

Fiametta. Aber höre! bin ich nicht eine rechte Närrinn gewesen, dich zu lieben? du bist arm; du hast dich gegen mich gespreitzet, und durch das habe ich dir mein ganzes Glück zu danken, daß ich mich in diesem Stande befinde. Du hast mir zu erkennen gegeben, daß der Ehestand ohne Reichthum nicht glücklich wäre; und ich habe in der That gefunden, daß du recht hast. Dieser gnädige Herr wird mich heirathen, und du wirst seine Liebste nehmen. Auf solche Art sind wir beede versorgt.

Bernard. An diesem allen ist die raza maladetta der Plutus Schuld.

(Rennthal und Fiametta reden einander ins Ohr.

Bernard. Da haben wirs: er sagt ihr schon etwas ins Ohr. Fiametta! bist du schon wirklich verheirathet?

Fiametta. Ey nein. Sey nur getrost! du wirst auf meiner Hochzeit tanzen können. Da wirst du die Freude haben, hernach zu meinem Kammerdiener zu sagen: ich habe die Ehre gehabt von dieser Fräulein Braut geliebt zu seyn. Meinst du, daß dieses eine Narredey ist? und ich werde zu meinen Leuten sagen: holt! man gebe diesem armen Teufel ein Glas Wein.

Bernard. Ach! ich verdiene es: ich bin selbst Schuld daran.

Rennth. Guter Freund! ihr dauret mich: aber jetzt ist es zu spät, und ich sage euch, mir und diesem Frauenzimmer keine Ungelegenheit mehr zu machen.

Bernard. Mein lieber gnädiger Herr! ich bitte sie —

Rennth. Nun gehet eure Wege: ihr werdet zu impertinent.

Bernard. Nehmen sie mich nur wenigstens in ihre Dienste, damit ich beständig um meine Fiametta seyn kann.

Rennth. O! das ist ein unvergleichlicher Vorschlag! und was wollt ihr so nahe bey ihr machen?

Bernard. Ich will der seyn, der ihr beständig den Schlepp tragen wird.

Fiametta. Nein Bernardon! ich habe dich allzusehr geliebt, als daß ich dich zu einer so geringen Bedienung gebrauchen sollte. Und zudem bringt es die Schuldigkeit einer honetten

Dame mit sich, niemand um sich zu leiden, der ihrem Gemahl zu einer Eifersucht Gelegenheit geben könnte.

Rennth. Komm, schöne Fiametta! wir halten uns zu lange auf.

Bernard. Ach, gnädige Frau! bitten sie doch ihren Herrn Mann für mich; ich will fleißig dienen, und keine Besoldung haben. Geh Kasperl! bitt auch du deinen Patron für mich.

Kasper. Für einen solchen Geizhals soll ich bitten? der sich nicht einmal getraut eine Bouteille Wein zu trinken. Das laß ich wohl bleiben.

Bernard. Nun so sey es (wirft alles von sich) so brauche ich weiter nichts. — Die Fiametta ist hin. — Allons Bernardon! — lebe wohl Fiametta!

Fiametta. Was thust du, Bernardon! warum wirfst du alles von dir?

Bernard. Ich will mich umbringen, ich will mich masacriren.

Fiametta. Er fängt mich schon an zu erbarmen.

Neunter Auftritt.

Kraftheim, Isabelle, Vorige.

Krafth. Es muß nach meinem Kopfe gehen; da, Herr Bernardon! da ist die Frau, die ich ihnen versprochen habe.

Ber-

Bernard. Mein lieber Herr Kraftheim! ich bedanke mich. Ich heirathe sie gewiß nicht. Mir ist nur leid, daß ich Ursache bin, daß sie diesen Herrn auch nicht bekommen kann: denn er ist schon mit meiner Fiametta verheirathet.

Isabelle. Himmel! was höre ich! ist der Verräther schon verheirathet?

Bernard. Da sind des Herrn seine 100. Dukaten (zu Isabelle) und sie, meine Jungfer dürfen nicht weinen, daß sie mich nicht bekommen können. Leben sie wohl!

Isabelle. Mir ist nur leid, daß ich mich nicht an dem Ungetreuen rächen kann.

Bernard. (weint.) Leben sie wohl, Herr Kraftheim!

Krafth. Was ist das? der weint, und die andern stehen alle in Gedanken.

Bernard. Leben sie wohl, Herr Rennthal!

Rennth. So packe dich einmal deiner Wege.

Bernard. Ich habe sie zu guter Letzt noch bitten wollen, daß sie meine liebe Fiametta lieben sollen: sie ist ein gutes Kind — thun sie ihr nichts zu leid. (kniet) Und wenn sie ihnen was zu leid thun sollte, so bitte ich, prügeln sie mich statt ihrer.

Rennth. Du darfst dich inskünftige um die Fiametta gar nichts mehr bekümmern.

Bernard. (weint) A Dieu leb wohl! meine liebe Fiametta! a Dieu Kasperl, a Dieu Haus, a Dieu Garten, a Dieu Stadt, a Dieu alles miteinander.

Kasper. Wo gehest du dann hin?

Bernard. Zum Sterben.

Fiametta. Itzt kann ich nicht mehr.—Bernardon!

Bernard. Haben mich Ihro Gnaden geruffen?

Fiametta. Ja! komme her zu mir.

Bernard. So erlauben sie denn, daß ich bey ihnen in Diensten stehen darf. (zum Schleppträger) Geh weg! das ist mein Dienst.

Fiametta. O! das wird nimmermehr geschehen.

Bernard. Also zum Sterben.

Fiametta. Bleibe hier Bernardon!

Bernard. Ach! da bin ich.

Fiametta. Nun kann ich nicht mehr. Gieb mir deine Hand, mein lieber Bernardon! hier hast du die meinige. Itzt bin ich in der That verheirathet.

Bernard. Ach! ich bin gestraft genug. Halten sie mich nicht länger für einen Narrn.

Fiametta. Nein: ich bin itzt dein Weib und du bist mein Mann.

Bernard. Und der Herr da?

Fiametta. Herr Rennthal hat sich nur verstellt, mein Bräutigam zu seyn, um mir zu helfen, dein Herz wieder zu gewinnen.

Bernard. Und du?

Fiametta. Und ich hätte vor Schmerzen vergehen mögen, mich gegen dich ungetreu zu stellen.

Bernard. Und ich?

Fiametta. Und du bist mein Schatzerl, mein Herzerl, mein Mauserl, mein Lamperl und mein alles.

Bernard. O! potz tausend! (küßt ihr die Hand.)

Isabelle. Was sehe und höre ich?

Bernard. So sind sie also nicht mit ihm verheirathet?

Rennth. Nein: Freund Bernardon! ich habe deine Fiametta für dich gelassen, und ich bin auf das höchste vergnügt, zwey so treu liebende Seelen gebunden zu haben. Nun bitte ich dich, mein lieber Bernardon! auch mir an die Hand zu gehen, damit ich meine geliebte Isabelle von dem Herrn Kraftheim erhalten könne.

Krafth. Hier braucht man keine andere Hilfe mehr; da sich die Sache auf eine so wunderliche Art geändert; kann auch kein anderer, als sie, mein Herr Rittmeister, meine Isabelle haben.

Isabelle. Für diese Gnade küße ich dem Papa die Hand. — O! ich Einfältige! warum habe ich mich von der Eifersucht so quälen lassen. Kasper! ich bin dir noch ein Trinkgeld für das Billet schuldig.

Kasper. O! ihr Gnaden haben mich schon recht stark und raisonabel bezahlt.

Krafth. Mein lieber Freund Bernardon!

Compagnie für einen Erben von 10. tausend Gulden, welche euch euer verstorbener Herr Vetter hinterlassen hat. Dieses Geld könnt ihr morgen bey mir erheben.

Bernard. O! närrisch! was soll ich mit so vielem Gelde machen?

Fiametta. Nimm es nur, mein lieber Schatz! wir wollen es gut und mit Vernunft gebrauchen. Nun komm, mein lieber Bernardon! und vergnüge dich nach deinen ausgestandenen Schmerzen mit deiner Fiametta, die dich so sehr, als sich selbsten liebet.

ARIA.

Die Lieb, die machet oft zanken
Die Liebe, die macht oft Plag.
Doch wenn man genug gelitten
Und sich hat satt gestritten:
Dann kommet der süsse Vertrag.
Man muß so oft nachgeben
Dem losen Männergeschlecht.
Hier hilft kein Widerstreben,
Sag, Schlimmer! sag! hab ich nicht
Recht?

Ende des Lustspiels.